CB134440

O maravilhoso mágico de Oz

L. Frank Baum

O maravilhoso mágico de Oz

Ilustrações de Carlo Giovani

Tradução de Renata Tufano

SALAMANDRA

TÍTULO ORIGINAL: *THE WORDERFUL WIZARD OF OZ*
ILUSTRAÇÕES © CARLO GIOVANI

COORDENAÇÃO EDITORIAL Lenice Bueno da Silva

ASSISTENTE EDITORIAL Patrícia Capano Sanchez

TRADUÇÃO Renata Tufano

ILUSTRAÇÕES E CAPA Carlo Giovani

COORDENAÇÃO DE EDIÇÃO DE ARTE Camila Fiorenza

DIAGRAMAÇÃO Camila Fiorenza e Cristina Uetake

REVISÃO Nair Hitomi Kayo

TRATAMENTO DE IMAGENS Fábio N. Precendo

IMPRESSÃO E ACABAMENTO Gráfica Star7

LOTE 797310

CÓDIGO 12084936

Dados Internacionais de Catalogação na Publicação (CIP)
(Câmara Brasileira do Livro, SP, Brasil)

Baum, L. Frank, 1856-1919.
O maravilhoso mágico de Oz / L. Frank Baum
[tradução Renata Tufano ; ilustrações Carlo Giovani].
São Paulo : Moderna, 2013.

Título original: *The wonderful Wizard of Oz*
ISBN 978-85-16-08493-6

1. Literatura infantojuvenil I. Giovani, Carlo. II. Título.

13-00755 CDD-028.5

Índices para catálogo sistemático:
1. Literatura infantil 028.5
2. Literatura infantojuvenil 028.5

Todos os direitos reservados no Brasil pela

EDITORA MODERNA LTDA.
Rua Padre Adelino, 758 - Belenzinho
São Paulo - SP - Brasil - CEP 03303-904
Vendas e atendimento: (11)2790-1300
Fax (11) 2790-1501

www.salamandra.com.br
Impresso no Brasil, 2025

DE ACORDO COM AS NOVAS NORMAS ORTOGRÁFICAS

Sumário

Introdução, 9

1. O Ciclone, 11
2. O Encontro com os Munchkins, 15
3. Como Dorothy salvou o Espantalho, 23
4. A Estrada pela floresta, 31
5. O Resgate do Homem de Lata, 37
6. O Leão Covarde, 45
7. A Jornada para o Grande Oz, 51
8. O Mortal Campo de Papoulas, 58
9. A Rainha dos Ratos do Mato, 65
10. O Guardião dos Portões, 71
11. A Maravilhosa Cidade de Oz, 78
12. A Busca pela Bruxa Má, 90

13. O Resgate, 102

14. Os Macacos Alados, 107

15. A Descoberta de Oz, o Terrível, 114

16. A Arte Mágica do Grande Farsante, 124

17. Como o Balão foi lançado, 129

18. A Caminho do Sul, 134

19. O Ataque das Árvores Lutadoras, 139

20. O Delicado País de Porcelana, 144

21. O Leão se torna o Rei dos Animais, 151

22. O País dos Quadlings, 156

23. Glinda, a Bruxa Boa, realiza o desejo de Dorothy, 161

24. De volta para casa, 167

Sobre o autor, 170

Introdução

Folclore, lendas, mitos e contos de fadas têm feito parte da infância há séculos, pois qualquer jovem tem um apreço saudável e natural por histórias fantásticas, incríveis e assumidamente irreais. As fadas aladas de Grimm e Andersen fizeram mais crianças felizes do que todas as outras criações humanas.

Mesmo assim, o velho conto de fadas, que serviu por gerações, pode agora ser classificado como "histórico" na biblioteca infantil. Chegou a hora de uma série de novas "histórias maravilhosas" onde o gênio estereotipado, o anão e a fada são eliminados, juntamente com todos os acidentes sangrentos e terríveis concebidos pelos autores para salientar alguma moral assustadora em cada narrativa. A educação moderna já inclui moralidade; portanto, a criança de hoje busca apenas diversão nos contos fantásticos, dispensando com prazer qualquer incidente desagradável.

Tendo isso em mente, a história de O Maravilhoso Mágico de Oz *foi escrita apenas para agradar às crianças de hoje e pretende ser um conto de fadas moderno, onde a aflição e os pesadelos desaparecem para dar lugar ao encantamento e a alegria.*

L. Frank Baum

Chicago, abril, 1900.

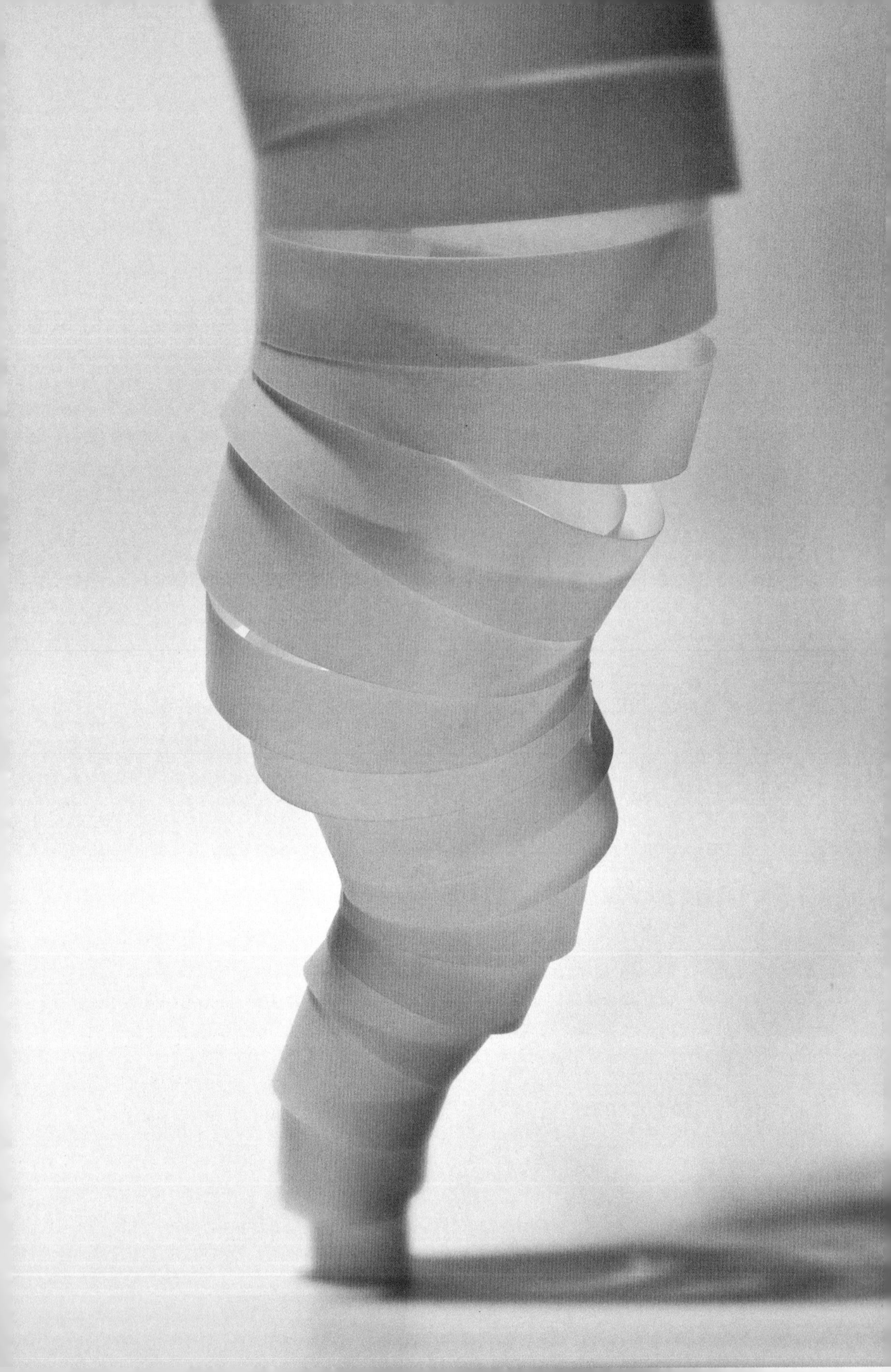

1. O Ciclone

Dorothy vivia no meio das grandes planícies do Kansas, com Tio Henry, que era um fazendeiro, e Tia Em, que era a mulher do fazendeiro. A casa deles era pequena, pois a madeira usada na construção teve que ser trazida de locomotiva por muitas milhas. Havia quatro paredes, o chão e um telhado, que formavam um único cômodo, e nesse cômodo havia um fogão meio enferrujado, um armário para a louça, uma mesa, três ou quatro cadeiras e as camas. A grande cama no canto era do casal Tio Henry e Tia Em e a pequena cama no outro canto era de Dorothy. Não havia sótão nem porão, a não ser por um pequeno buraco no chão, chamado de "abrigo para ciclones", para onde a família iria caso um daqueles grandes redemoinhos de vento surgisse, poderoso o suficiente para esmagar qualquer construção que encontrasse pelo caminho. Era fechado por uma portinhola no chão bem no meio do cômodo, que se abria para uma escada que levava ao pequeno e escuro buraco.

Quando Dorothy ficava na porta e olhava ao redor da casa, não via nada além da grande planície cinzenta cercando tudo. Nenhuma árvore, nenhuma casa, nada cortava a linha reta da terra plana que se juntava aos céus no horizonte em todas as direções. O sol tinha transformado o arado numa massa cinzenta, com pequenas rachaduras. Até mesmo a grama não era verde, pois o sol tinha queimado as pontas altas até que ficassem da mesma cor cinzenta de todo o resto. A casa já tinha sido pintada, mas o sol descascou a pintura e a chuva a levou embora. E agora a casa estava tão cinzenta e monótona quanto todo o resto.

Tia Em tinha sido uma bela e jovem esposa quando começara a viver ali. O sol e o vento também a mudaram. Tiraram o brilho de seus olhos, deixando-os sóbrios e apagados. Tiraram o vermelho de suas bochechas e lábios, que também estavam cinzentos. Ela era magra e raquítica e, agora, nunca sorria. Quando Dorothy, que era órfã, chegou, tia Em ficou tão assustada com a risada da criança, que gritava e colocava a mão sobre o coração toda vez que a voz alegre da menina chegava em seus ouvidos. E ela ainda observava abismada a garotinha que encontrava, apesar de tudo, uma razão para rir.

Tio Henry nunca ria. Ele trabalhava de manhã até de noite e não sabia o que era felicidade. Ele também era cinza, desde sua longa barba até suas botas gastas, e ele sempre parecia sério e solene. E raramente falava.

Era Totó que fazia Dorothy rir e que não a deixava se tornar cinza como todo o resto. Totó não era cinza: era um cachorrinho preto, com um pelo longo e sedoso e pequenos olhos negros que brilhavam animados de cada lado de seu narizinho engraçado. Totó brincava o dia inteiro, e Dorothy brincava com ele. E o amava muito.

Hoje, entretanto, eles não estavam brincando. Tio Henry tinha se sentado nos degraus da frente e olhava ansiosamente para o céu, que estava ainda mais cinzento que o normal. Dorothy ficou perto da porta, com Totó nos braços, e olhou para o céu também. Tia Em estava lavando a louça.

Do norte, lá longe, eles escutaram um longo uivo de vento, e Tio Henry e Dorothy podiam ver a longa grama curvando-se diante da tempestade iminente. Agora, um assobio agudo de vento vinha do sul e, quando os dois olharam naquela direção, viram que a grama também ondulava naquela direção.

De repente, Tio Henry se levantou.

— Um ciclone vem vindo, Em! — gritou ele para a esposa. — Eu vou guardar o gado.

E correu para os barracões onde as vacas e os cavalos eram mantidos.

Tia Em largou a louça e foi para a porta. Um único olhar lhe mostrou que o perigo estava muito perto.

— Rápido, Dorothy! — gritou ela. — Corra para o porão!

Totó pulou do colo de Dorothy e se escondeu embaixo da cama. A garota saiu para pegá-lo. Tia Em, extremamente assustada, abriu a tampa do alçapão e desceu as escadas em direção ao pequeno buraco escuro. Dorothy finalmente pegou Totó e seguiu sua tia. Quando estava no meio do quarto, o zunido do vento assobiou feroz, e a casa balançou tanto que ela perdeu o pé e caiu sentada no chão.

Então, uma coisa estranha aconteceu.

A casa rodou duas ou três vezes e ergueu-se vagarosamente pelo ar. Dorothy sentiu como se estivesse num balão.

Os ventos do sul e do norte se encontraram onde estava a casa, que ficou exatamente no olho do ciclone. Ali, bem no centro, o ar é geralmente parado. Mas a enorme pressão do vento ao redor da casa fez com que a construção subisse mais e mais, até chegar no topo do redemoinho. E ficou ali, sendo carregada por quilômetros e quilômetros, como se fosse leve como uma pena.

Estava muito escuro e o vento uivava horrivelmente ao redor dela, mas Dorothy achou que a travessia estava relativamente tranquila. Depois das primeiras voltas, e de uma outra vez que a casa balançou muito, ela se sentiu como se estivesse sendo ninada, como um bebê num berço.

Totó não gostou. Ele correu pelo cômodo, primeiro aqui, depois ali, latindo alto. Mas Dorothy sentou-se quietinha no chão e esperou para ver o que aconteceria.

Em certo momento, Totó chegou perto demais da portinhola do alçapão e caiu lá dentro. A garotinha pensou que tinha perdido seu cachorrinho, mas logo viu a pontinha das orelhas dele pelo buraco. A pressão do vento era tão forte que o ar impedia que ele caísse. Ela rastejou até o buraco, pegou Totó pela orelha e arrastou-o de volta para dentro, fechando a portinhola em seguida, para que não acontecesse mais nenhum acidente.

O tempo passava, hora após hora, e aos poucos Dorothy conseguiu dominar o medo. Estava se sentindo muito sozinha e o vento assobiava tão alto ao seu redor que ela quase ficou surda. Mas as horas passavam e nada de terrível acontecia, então ela parou de se preocupar e resolveu esperar calmamente e ver o que o futuro traria. Finalmente, arrastou-se até a cama, que sacudia muito, e deitou-se. Totó seguiu-a e deitou-se ao lado dela.

Apesar de todo o balanço da casa e do uivo do vento, Dorothy logo fechou os olhos e caiu no sono.

2. O Encontro com os Munchkins

Dorothy foi acordada com um choque tão repentino e tão forte que, se não estivesse deitada na cama macia, teria se machucado. A sacudida fez que com que ela recuperasse o fôlego e pensasse sobre o que poderia ter acontecido. Totó colocou seu narizinho gelado no rosto dela e ganiu desconsolado. Dorothy sentou-se e percebeu que a casa não estava se mexendo. Também não estava escuro, pois a luz brilhante do sol entrava pela janela, iluminando o pequeno cômodo. Ela pulou da cama e, com Totó seguindo-a de perto, correu e abriu a porta.

A garotinha deu um grito de espanto e olhou ao redor, seus olhos arregalando-se mais e mais diante da paisagem maravilhosa que via.

O ciclone tinha pousado a casa suavemente, tão suave quanto um ciclone podia ser, no meio de um lugar de uma beleza extraordinária. Havia lindos campos verdes por todos os lados, com árvores imponentes cheias de frutos grandes e suculentos. Flores maravilhosas amontoavam-se ao alcance da

mão, e pássaros com plumagens raras e brilhantes cantavam e passeavam entre as árvores e os arbustos. Um pouco adiante, via-se um riacho cintilante entre margens verdes, murmurando numa voz graciosa para a garotinha que tinha vivido tanto tempo nas planícies cinzentas e secas.

Enquanto ela olhava ansiosamente para a paisagem estranha e linda, percebeu que um grupo vinha em sua direção: o grupo de pessoas mais estranhas que tinha visto. Eles não eram tão grandes quanto os adultos a que ela estava acostumada, mas também não eram muito pequenos. Na verdade, eles eram tão altos quanto Dorothy, que era uma criança bem crescida para sua idade, mesmo que parecessem muitos anos mais velhos.

Eram três homens e uma mulher e estavam estranhamente vestidos. Usavam chapéus redondos, que acabavam numa ponta 30 centímetros acima de suas cabeças, com sininhos ao redor da borda que tilintavam delicadamente quando eles se moviam. O chapéu dos homens era azul e o da pequena mulher era branco. Ela usava um vestido branco que caía em pregas dos ombros. Sobre ele, estrelinhas brilhavam sob o sol como diamantes. Os homens estavam vestidos de azul, no mesmo tom de seus chapéus, e usavam botas bem engraxadas com um grande rolo azul no alto do cano. Os homens, pensou Dorothy, eram tão velhos quanto Tio Henry, pois dois deles tinham barba. Mas a pequena mulher era sem dúvida muito mais velha. O rosto dela estava coberto de rugas, seu cabelo era quase branco e ela andava com certa rigidez.

Quando essas pessoas se aproximaram da casa, onde Dorothy estava observando tudo da porta, pararam e sussurraram algo entre eles, como se estivessem com medo de chegar mais perto. Mas a pequena mulher andou até Dorothy, fez uma grande reverência e disse, numa voz suave:

— Seja bem-vinda, nobre Feiticeira, à Terra dos Munchkins. Somos muito gratos por você ter matado a Bruxa Má do Leste e por ter libertado nosso povo da escravidão.

Dorothy escutou aquilo surpresa. O que será que a mulherzinha queria dizer, chamando-a de feiticeira, e dizendo que ela havia matado a Bruxa Má do Leste? Dorothy era uma menininha inocente e inofensiva, que tinha sido carregada por um ciclone e estava a muitos quilômetros de casa. E nunca havia matado nada na vida.

Mas a pequena mulher evidentemente esperava por uma resposta. Então, Dorothy disse, hesitante:

— Você é muito gentil, mas tem algum engano. Eu não matei ninguém.

— Bem, sua casa matou — respondeu a velha mulherzinha, com uma risada. — E é a mesma coisa. Veja! — continuou ela, apontando para um dos cantos da casa. — Aqueles são os pés dela, embaixo daquele bloco de madeira.

Dorothy olhou e deu um gritinho de medo. Realmente, ali no canto, bem embaixo da grande viga onde a casa repousava, dois pés apontavam para fora, calçando pontudos sapatos prateados.

— Oh, céus! Oh, céus! — gritou Dorothy, juntando as mãos em desespero. — A casa deve ter caído sobre ela. O que vamos fazer?

— Não há nada a ser feito — disse a mulherzinha, calmamente.

— Mas quem era ela? — perguntou Dorothy.

— Ela era a Bruxa Má do Leste, como eu já disse — respondeu a mulherzinha. — Ela tinha feito os Munchkins de escravos por muitos anos, fazendo-os trabalhar dia e noite. Agora, eles estão livres e gratos a você pelo que fez.

— Quem são os Munchkins? — quis saber Dorothy.

— São as pessoas que vivem nesta terra do leste, onde a Bruxa Má dominava.

— Você é uma Munchkin?

— Não, mas sou amiga deles, embora eu viva na terra do norte. Quando eles viram que a Bruxa do Leste estava morta, eles me mandaram rapidamente um mensageiro e eu vim imediatamente. Eu sou a Bruxa do Norte.

— Oh, meu Deus! — gritou Dorothy. — Você é uma bruxa de verdade?

— Claro que sim! — respondeu a mulherzinha. — Mas eu sou uma bruxa boa, e as pessoas me amam. Não sou tão poderosa quanto a Bruxa Má que dominava esta região, senão eu mesma teria libertado esse povo.

— Mas eu pensei que todas as bruxas fossem más — disse a garota, que estava meio com medo de estar frente a frente com uma bruxa de verdade.

— Oh, não! Isso é um grande erro. Havia apenas quatro bruxas na Terra de Oz, e duas delas, as que viviam no norte e no sul, eram bruxas do bem. Eu sei que isso é verdade porque eu sou uma delas e não estou enganada. Aquelas que moravam no leste e no oeste eram, de fato, bruxas más. Mas agora que você matou uma delas, há apenas uma bruxa má na Terra de Oz: a bruxa que vive no oeste.

— Mas... — disse Dorothy, depois de pensar um momento. — Tia Em me disse que todas as bruxas estavam mortas... Há anos e anos...

— Quem é Tia Em? — perguntou a mulherzinha.

— Ela é a minha tia, que vive no Kansas, de onde eu venho.

A Bruxa do Norte pareceu pensar por um instante, com a cabeça baixa e os olhos encarando o chão. Então, olhou para cima e disse:

— Eu não sei onde é o Kansas e eu nunca ouvi o nome desse país antes. Mas, me diga, é um país civilizado?

— Oh, sim! — respondeu Dorothy.

— Então é isso. Nos países civilizados, eu acredito que não tenha sobrado nenhuma bruxa, nenhum feiticeiro, nenhuma encantadora, nenhum mágico. Mas, como você pode ver, a Terra de Oz nunca foi civilizada, pois estamos separados do resto do mundo. Portanto, ainda temos bruxos e bruxas entre nós.

— Quem são os bruxos? — perguntou Dorothy.

— O próprio Oz é o Grande Mágico — respondeu a bruxa, encolhendo a voz num sussurro. — Ele é mais poderoso do que todos nós juntos. Ele vive na Cidade das Esmeraldas.

Dorothy ia fazer outra pergunta, mas, naquele exato momento, os Munchkins, que estavam por perto em silêncio, deram um grito muito alto e apontaram para o canto da casa onde estava esmagada a Bruxa Má.

— O que foi? — perguntou a mulherzinha.

Ela olhou e começou a rir. Os pés da Bruxa morta tinham desaparecido completamente, e não havia nada além dos sapatos prateados.

— Ela era tão velha — explicou a Bruxa do Norte — que secou rapidamente à luz do sol. Esse é o fim dela. Mas os sapatos prateados são seus e você poderá usá-los.

Ela esticou as mãos e pegou os sapatos e, depois de tirar o pó deles, entregou-os a Dorothy.

— A Bruxa do Leste tinha muito orgulho desses sapatos — disse um dos Munchkins. — E há um encanto ligado a eles. Mas nunca soubemos exatamente o quê.

Dorothy levou os sapatos para dentro de casa e colocou-os sobre a mesa. Então, saiu novamente e disse aos Munchkins:

— Estou ansiosa para voltar para minha tia e meu tio. Tenho certeza de que eles estão preocupados comigo. Vocês podem me ajudar a encontrar o caminho?

Os Munchkins e a Bruxa primeiramente se olharam, depois olharam para Dorothy e então balançaram as cabeças.

— Ao leste, não muito longe daqui — disse um deles —, há um grande deserto a que ninguém que tentou cruzar conseguiu sobreviver.

— O mesmo acontece ao sul — disse outro. — Pois estive lá e vi. O sul é o país dos Quadlings.

— Eu já ouvi dizer — disse o terceiro homem — que a mesma coisa acontece a oeste. E aquele país, onde vivem os Winkies, é governado pela Bruxa Má do Oeste, que a transformará em escrava se cruzar os domínios dela.

— O norte é minha casa — disse a velha senhora. — E suas fronteiras acabam no mesmo deserto que cerca a Terra de Oz. Eu sinto dizer, minha querida, que você terá que viver conosco.

Dorothy começou a soluçar ao ouvir isso, pois ela se sentia sozinha no meio dessas pessoas estranhas. Suas lágrimas afligiram os bondosos Munchkins, pois imediatamente tiraram lenços dos bolsos e começaram a chorar também. Quanto à mulherzinha, ela tirou o chapéu e equilibrou a ponta dele na ponta do nariz, enquanto contava "um, dois, três" com uma voz solene. Imediatamente, o chapéu se transformou numa lousa, onde estava escrito com giz, em grandes letras:

DEIXE DOROTHY IR PARA A CIDADE DAS ESMERALDAS

A mulherzinha tirou a lousa do nariz e, lendo as palavras, perguntou:

— Seu nome é Dorothy, meu bem?

— Sim — respondeu a menina, olhando para cima e secando as lágrimas.

— Então você precisa ir para a Cidade das Esmeraldas. Talvez Oz possa ajudá-la.

— Onde é essa cidade? — perguntou Dorothy.

— É exatamente no meio do país. É governada por Oz, O Grande Mágico, sobre o qual eu já lhe falei.

— Ele é um bom homem? — perguntou a garota, nervosa.

— Ele é um bom feiticeiro. Mas se ele é um homem ou não, não sei dizer, pois nunca o vi.

— Como posso chegar lá? — quis saber Dorothy.

— Você precisa andar. É uma longa jornada, através de um país que às vezes é agradável e às vezes é escuro e terrível. Entretanto, eu usarei todas as artes mágicas que conheço para afastar o mal do seu caminho.

— Você não vai comigo? — implorou a garota, que já considerava a pequena velhinha sua única amiga.

— Não, eu não posso — respondeu ela. — Mas eu lhe darei meu beijo e ninguém irá ousar machucar a pessoa que foi beijada pela Bruxa do Norte.

Ela chegou perto de Dorothy e beijou-a suavemente na testa. Quando seus lábios encostaram na garota, deixaram uma marca redonda e brilhante, como Dorothy descobriu um pouco mais tarde.

— A estrada para a Cidade das Esmeraldas é feita de tijolos amarelos — disse a Bruxa. — Então, é fácil de achar. Quando você encontrar Oz, não tenha medo dele. Conte sua história e peça sua ajuda. Adeus, minha querida.

Os três Munchkins fizeram uma reverência e desejaram uma boa viagem. Depois disso, sumiram por entre as árvores. A Bruxa fez um aceno simpático e rodou sobre o calcanhar esquerdo três vezes e desapareceu imediatamente, para grande surpresa de Totó, que latiu a plenos pulmões quando a viu partir, pois tinha ficado com medo até de rosnar quando ela estava por lá.

Mas Dorothy, sabendo que ela era uma bruxa, esperava que ela desapa-recesse exatamente daquele jeito, e não ficou nem um pouco espantada.

3. Como Dorothy salvou o Espantalho

Quando Dorothy se viu sozinha, sentiu que estava com fome. Foi até o armário, cortou um pedaço de pão e passou manteiga. Deu um pouquinho para Totó e, pegando um balde da prateleira, foi até o riacho e encheu-o com a água transparente e brilhante. Totó correu entre as árvores e começou a latir para os pássaros que estavam ali. Dorothy foi pegá-lo e viu frutas tão deliciosas pendendo dos galhos que acabou colhendo algumas. Era só o que faltava para completar o café da manhã.

Então, ela voltou para casa e, tendo tomado um belo gole da água fresca e servido um pouco para Totó, começou a se preparar para a jornada até a Cidade das Esmeraldas.

Dorothy tinha apenas mais um vestido, que estava lavado e pendurado num pregador ao lado de sua cama. Era xadrez, branco e azul. Embora o azul já estivesse desbotado com tantas lavagens, ainda era um vestido lindo. A garota se lavou cuidadosamente, vestiu o vestido limpinho e amarrou a fita do chapéu cor-de-rosa sob o queixo. Pegou uma pequena cesta e encheu-a com o pão que estava no armário, cobrindo-o com uma toalha branca. Então, olhou para os pés e notou que seus sapatos estavam velhos e gastos.

— Eles com certeza não vão aguentar uma longa jornada, Totó — disse ela.

Totó olhou para ela com seus pequenos olhos negros e balançou o rabo para mostrar que tinha entendido.

Naquele momento, Dorothy viu sobre a mesa os sapatos prateados que tinham pertencido à Bruxa do Leste.

— Será que eles vão servir em mim? — disse ela para Totó. — Eles seriam perfeitos para uma longa caminhada, pois nunca ficarão gastos.

Ela tirou seus velhos sapatos de couro e experimentou os prateados, que serviram nela como se tivessem sido feitos sob medida.

Finalmente, ela pegou a cesta.

— Venha, Totó — disse ela. — Nós iremos à Cidade das Esmeraldas e perguntaremos ao Grande Oz como fazer para voltar ao Kansas.

Ela fechou a porta, trancou-a e colocou a chave cuidadosamente no bolso do vestido. E assim, com Totó trotando orgulhosamente ao seu lado, começou a jornada.

Havia muitas estradas por perto, mas ela não demorou muito para encontrar aquela feita de tijolos amarelos. Em pouco tempo, já andava a passos largos para a Cidade das Esmeraldas, seus sapatos prateados brilhando alegremente no chão duro e amarelo. O sol brilhava intensamente e os passarinhos cantavam animados. Dorothy não estava se sentindo nem um pouco desanimada, como você pode pensar que uma garotinha se sentiria se tivesse sido repentinamente levada pelos ares de seu próprio país e arremessada no meio de uma terra estranha.

Ela ficou surpresa, enquanto andava, de ver como era linda a terra ao seu redor. Havia cercas arrumadas nas margens da estrada, pintadas num elegante tom de azul e, além dali, campos de grãos e vegetais em abundância. Dava para ver que os Munchkins eram bons fazendeiros e conseguiam cultivar grandes plantações. De vez em quando, ela passava por uma casa, e as pessoas saíam para olhar para ela e faziam uma reverência quando passava. Todos sabiam que ela tinha sido a responsável pela destruição da Bruxa Má e pelo fim da escravidão. As casas dos Munchkins eram habitações estranhas, pois eram redondas e tinham uma grande cúpula como telhado. Todas eram pintadas de azul, pois essa era a cor favorita do País do Leste.

Ao entardecer, quando Dorothy já estava cansada de tanto andar e começou a se perguntar onde iria passar a noite, ela chegou a uma casa um pouco maior do que as outras. Na grama verde do jardim da frente, homens e mulheres estavam dançando. Cinco pequenos violinistas tocavam o mais alto possível e as pessoas riam e cantavam. Uma grande mesa estava cheia de frutas e nozes deliciosas, tortas e bolos e muitas outras coisas boas de comer.

As pessoas cumprimentaram Dorothy gentilmente e a convidaram para jantar e passar a noite com eles. Esta era a casa de um dos mais ricos Munchkins do país, e os amigos dele estavam ali para celebrar o fim da escravidão imposta pela Bruxa Má.

Dorothy comeu um belo jantar e foi servida pelo próprio Munchkin rico, que se chamava Boq. Então, sentou-se num sofá e observou as pessoas dançando.

Quando Boq viu os sapatos prateados, disse:

— Você deve ser uma grande feiticeira.

— Por quê? — perguntou a garota.

— Porque usa sapatos prateados e matou a Bruxa Má. Além disso, tem a cor branca no seu vestido e somente bruxas e feiticeiros usam branco.

— Meu vestido é xadrez azul e branco — disse Dorothy, alisando o tecido.

— É muita bondade da sua parte usar isso — disse Boq. — Azul é a cor dos Munchkins e branco é a cor dos feiticeiros. Então, sabemos que você é uma bruxa amiga.

Dorothy não sabia o que dizer diante disso, pois todas as pessoas pareciam acreditar que ela era uma bruxa, e ela sabia muito bem que era apenas uma garotinha normal que tinha ido parar numa terra estranha por causa de um ciclone.

Quando ela se cansou de assistir à dança, Boq a levou para dentro da casa, onde lhe ofereceu um quarto com uma linda cama. Os lençóis eram feitos de tecido azul e Dorothy dormiu muito bem até a manhã seguinte, com Totó enrolado no tapete azul do lado dela.

Ela tomou um ótimo café da manhã e observou um pequenino bebê Munchkin brincar com Totó e puxar o rabo dele enquanto cantava e ria de um jeito muito divertido. Totó atraía a curiosidade de todas as pessoas, pois eles nunca tinham visto um cachorro antes.

— A Cidade das Esmeraldas fica muito longe? — perguntou a garota.

— Eu não sei — respondeu Boq, muito sério. — Eu nunca estive lá. É melhor ficar longe de Oz, a não ser que você precise falar com ele. Mas é um longo caminho até a Cidade das Esmeraldas e vai levar muitos dias. O nosso país é rico e agradável, mas você precisa passar por lugares difíceis e perigosos antes de chegar ao fim de sua jornada.

Isso deixou Dorothy um pouco preocupada. Mas ela sabia que o Grande Oz era o único que poderia ajudá-la a voltar para o Kansas, então resolveu corajosamente não retroceder.

Ela se despediu dos amigos e recomeçou sua jornada pela estrada de tijolos amarelos. Quando já tinha andado muitos quilômetros, achou que deveria parar para descansar. Então, subiu numa cerca ao lado da estrada e se sentou. Havia um grande milharal além da cerca, e não muito distante dali ela viu um Espantalho, colocado num poste para afastar os pássaros do milho maduro.

Dorothy apoiou o queixo sobre a mão e olhou, pensativa, para o Espantalho. A cabeça dele era um pequeno saco cheio de palha, seus olhos, nariz e boca estavam pintados sobre o tecido para representar o rosto. Um chapéu azul,

velho e pontudo, que já tinha pertencido a algum Munchkin, estava sobre a cabeça dele. O resto da figura era um terno azul, gasto e desbotado, que também tinha sido forrado com palha. Nos pés, velhas botas de cano azul, tais como a que todo homem usava naquele país. A figura ficava acima dos pés de milho graças ao poste que apoiava suas costas.

Enquanto Dorothy olhava atenciosamente para o estranho rosto pintado do Espantalho, ficou surpresa ao perceber que um de seus olhos piscou vagarosamente para ela. Primeiramente, ela pensou que podia estar enganada, pois nenhum dos espantalhos no Kansas nunca tinha piscado. Mas, logo depois, a figura balançou a cabeça amigavelmente. Então, ela desceu da cerca e andou até ele, enquanto Totó corria e latia ao redor do poste.

— Bom dia! — disse o Espantalho, numa voz um pouco rouca.

— Você falou? — perguntou a garota, maravilhada.

— Certamente! — respondeu o Espantalho. — Como vai você?

— Estou muito bem, obrigada — respondeu Dorothy educadamente. — E você, como vai?

— Eu não estou me sentindo muito bem — respondeu o Espantalho, com um sorriso. — É bem tedioso ficar pendurado aqui, noite e dia, espantando corvos.

— Você não pode descer? — quis saber Dorothy.

— Não, pois este poste está preso nas minhas costas. Se você, por favor, tirar o poste, eu ficarei muito grato.

Dorothy esticou os dois braços e ergueu-o, tirando-o do poste. Feito de palha, ele era bem leve.

— Muito obrigado! — agradeceu o Espantalho, quando Dorothy o colocou sentado no chão. — Eu me sinto como um novo homem.

Dorothy ficou confusa ao ouvir isso, pois era estranho escutar um homem de palha falar.

Ele fez uma reverência e começou a andar ao lado dela.

— Quem é você? — perguntou o Espantalho, depois de se esticar e bocejar. — E para onde você está indo?

— Meu nome é Dorothy — disse a garota. — E estou indo para a Cidade das Esmeraldas, para pedir ao Grande Oz que me envie de volta ao Kansas.

— Onde é a Cidade das Esmeraldas? — perguntou ele. — E quem é Oz?

— Ora, você não sabe? — perguntou ela, surpresa.

— Não, não sei. Eu não sei nada. Veja, sou todo de palha, não tenho cérebro — respondeu ele, triste.

— Oh! — exclamou Dorothy. — Eu sinto muito!

— Você acredita que, se eu for para a Cidade das Esmeraldas com você, o Grande Oz pode me dar um cérebro? — perguntou ele.

— Eu não sei — opinou ela. — Mas você pode vir comigo se quiser. Se Oz não puder lhe dar um cérebro, você não ficará pior do que está agora.

— Isso é verdade — disse o Espantalho. — Veja... — confidenciou ele. — Eu não me importo que minhas pernas e meus braços e meu corpo sejam de palha, porque assim eu não posso me machucar. Se alguém pisa no meu pé ou me enfia um alfinete, eu não me importo. Eu não sinto nada. Mas eu não quero que as pessoas me chamem de bobo. Então, se a minha cabeça continua cheia de palha e não tem um cérebro como o seu, como vou conseguir aprender as coisas?

— Eu entendo como se sente — disse a garotinha, que estava sentindo muita pena dele. — Se você vier comigo, vou pedir que Oz faça tudo o que puder por você.

— Obrigado! — respondeu ele, grato.

Eles retomaram o caminho. Dorothy ajudou-o a pular a cerca e eles pegaram a estrada de tijolos amarelos até a Cidade das Esmeraldas.

Totó, a princípio, não gostou dessa nova companhia. Ele cheirou o homem de palha como se suspeitasse que havia um ninho de ratos dentro dele. E rosnava de modo pouco amigável para o Espantalho.

— Não se preocupe com Totó — disse Dorothy ao novo amigo. — Ele nunca morde.

— Oh, eu não estou com medo — respondeu o Espantalho. — Ele não consegue machucar a palha. Deixe-me carregar a cesta para você. Eu não me importo, pois eu não me canso — continuou ele, enquanto andava. — Há apenas uma coisa no mundo que me dá medo.

— O que é? — perguntou Dorothy. — O fazendeiro Munchkin que fez você?

— Não — respondeu o Espantalho. — Um fósforo aceso.

4. A Estrada pela floresta

Depois de algumas horas, a estrada começou a ficar difícil, e andar começou a ficar ainda pior, fazendo com que o Espantalho tropeçasse toda hora nos tijolos amarelos, que eram bem desnivelados. Às vezes, eles estavam até mesmo quebrados e havia pedaços sem tijolos, que faziam com que Totó pulasse e Dorothy fosse obrigada a dar a volta. Mas o Espantalho, não tendo cérebro, andava direto sobre eles, caindo com tudo sobre os duros tijolos. Mas ele nunca se machucava e Dorothy o levantava e o colocava em pé novamente, enquanto ele ria junto com ela de seu próprio acidente.

As fazendas não eram tão bem cuidadas por aqui como eram lá atrás. Havia menos casas e menos árvores frutíferas e, quanto mais longe ia o grupo, mais sombrio e solitário o país se tornava.

Ao meio-dia, eles se sentaram às margens da estrada, perto de um riacho, e Dorothy abriu a cesta e pegou um pouco de pão. Ela ofereceu um pedaço ao Espantalho, que recusou.

— Eu nunca tenho fome — disse ele. — E tenho muita sorte nesse sentido, pois minha boca é apenas pintada. Se eu fizesse um buraco para comer, a palha que me enche iria sair e minha cabeça ia ficar deformada.

Dorothy percebeu imediatamente que isso era verdade, então apenas concordou e comeu seu pedaço de pão.

— Pode me contar alguma coisa sobre você e o país de onde vem? — perguntou o Espantalho, quando Dorothy acabou de jantar.

Então, ela lhe contou tudo sobre o Kansas, e como tudo era cinza ali e como o ciclone a tinha carregado até essa estranha Terra de Oz.

O Espantalho ouviu atentamente. E disse:

— Eu não entendo por que você quer ir embora desse lugar tão lindo e voltar para o lugar seco e cinzento que você chama de Kansas.

— Isso porque você não tem cérebro — respondeu a garota. — Mesmo que nossas casas sejam tristes e cinzentas, nós, as pessoas de carne e osso, preferimos viver em nossos lares a viver em qualquer outro lugar, mesmo que seja lindo. Não há nenhum lugar como o lar.

O Espantalho suspirou.

— Claro que eu não posso entender — disse ele. — Se a cabeça de vocês também estivesse cheia de palha, como a minha, todos vocês provavelmente viveriam em lugares bonitos e o Kansas ficaria deserto. Sorte do Kansas que você tem cérebro.

— Você não quer me contar uma história, enquanto estamos descansando? — perguntou a menina.

O Espantalho olhou para ela um pouco ofendido e respondeu:

— Minha vida é tão curta que eu não sei nada de nada. Eu fui feito ontem. Desconheço o que aconteceu no mundo antes disso. Por sorte, quando o fazendeiro fez minha cabeça, uma das primeiras coisas que ele fez foi pintar minhas orelhas, então consegui escutar o que estava acontecendo. Havia outro Munchkin com ele, e a primeira coisa que eu ouvi o fazendeiro dizer foi: "Você gosta dessas orelhas?". E o outro respondeu: "Elas estão tortas". "Tudo bem", disse o fazendeiro. "São orelhas mesmo assim." Isso era verdade. "Agora, farei os olhos", falou o fazendeiro. Então, ele pintou meu olho direito, e logo que acabou eu me vi olhando para ele e para tudo ao meu redor com muita curiosidade, pois era a primeira vez que eu via o mundo. "É um olho bonito", disse o Munchkin que observava o fazendeiro. "Azul é a cor certa para os olhos". "Acho que vou fazer o outro um pouco maior", disse o fazendeiro. E quando o segundo olho estava acabado, eu conseguia ver muito melhor do que antes. Então, ele fez o meu nariz e minha boca. Mas eu não falava porque naquele tempo eu não sabia para que servia uma boca. Eu me diverti observando-os montar meu corpo, meus braços e minhas pernas. Quando eles finalmente encaixaram minha cabeça, eu me senti orgulhoso, pois pensei que era um homem tão bom quanto qualquer outro. "Este camarada irá assustar os corvos bem rápido", observou o fazendeiro. "Ele parece mesmo um homem" e o outro disse: "Ora, mas é um homem", e eu concordei com ele. O fazendeiro me carregou em seus braços pelo milharal e me colocou num poste alto, onde você me encontrou. E, junto com o amigo, logo foi embora e me deixou sozinho.

— Eu não gostei de ser abandonado assim — continuou o Espantalho. — Então, tentei andar atrás deles. Mas meus pés não tocavam o chão e eu fui forçado a ficar naquele poste. Era uma vida solitária, pois não tinha nada para ocupar meus pensamentos, já que tinha sido feito há pouco tempo. Muitos corvos e outros pássaros voavam pelo milharal, mas assim que me viam saíam voando para longe, pensando que eu fosse um Munchkin. Isso me agradou e fez com que eu me sentisse uma pessoa importante. Um velho corvo voou perto de mim e, de passinho em passinho, depois de me observar atentamente, pousou sobre meu ombro e falou: "Será que aquele fazendeiro pensou que ia me enganar assim fácil? Qualquer corvo de bom senso veria que você está cheio de palha". Então, pousou sob meus pés e comeu todo o milho que quis. Os outros pássaros, vendo que ele não tinha sido enxotado por mim, vieram e comeram o milho também. Em pouco tempo, havia uma grande revoada de pássaros ao meu redor.

— Eu fiquei muito triste ao ouvir isso, pois eu não era um bom espantalho, afinal. Mas o velho corvo me consolou, dizendo: "Se você tivesse um cérebro dentro da sua cabeça, seria um homem tão bom quanto qualquer um deles, talvez até mesmo um homem melhor. Um cérebro é uma das únicas coisas que vale a pena ter nesse mundo, e não importa se você é um corvo ou um homem". Depois que os corvos foram embora, eu pensei nisso e decidi que deveria tentar com todas as minhas forças conseguir um cérebro. Por sorte você veio e me tirou do poste e, pelo que você diz, tenho certeza de que o Grande Oz me dará um cérebro assim que chegarmos à Cidade das Esmeraldas.

— Espero que sim — disse Dorothy, confiante. — Pois você parece ansioso para ter um.

— Oh, sim, estou ansioso — respondeu o Espantalho. — É um sentimento tão desconfortável saber que se é um bobo.

— Bem — disse a garota. — Vamos!

E deu a cesta para o Espantalho.

Agora, não havia mais nenhuma cerca às margens da estrada e a terra era rústica e não cultivada. Perto da noite, eles chegaram a uma grande floresta, onde as árvores cresciam tão altas e juntas umas das outras que seus galhos se encontravam sobre a estrada de tijolos amarelos. Era quase escuro embaixo das árvores, pois os galhos cobriam a luz do sol. Mas os viajantes não pararam e entraram na floresta.

— Se a estrada entra, então tem que sair — disse o Espantalho. — E se a Cidade das Esmeraldas é do outro lado da estrada, temos que ir para onde ela nos levar.

— Qualquer pessoa saberia disso — disse Dorothy.

— Certamente. É por isso que eu sei — retrucou o Espantalho. — Se precisasse de cérebro para entender isso, eu nunca teria dito.

Depois de uma hora mais ou menos, a luz desapareceu por completo e eles começaram a tropeçar na escuridão. Dorothy não conseguia ver nada, mas Totó conseguia, pois alguns cachorros conseguem enxergar muito bem no escuro. Mas o Espantalho declarou que conseguia enxergar tão bem quanto se estivesse de dia. Então, ela pegou o braço dele e conseguiu ir em frente razoavelmente bem.

— Se você vir alguma casa, ou qualquer lugar onde pudermos passar a noite, você deve me dizer — observou ela. — Pois é muito desconfortável andar no escuro.

Logo o Espantalho parou.

— Eu vejo um pequeno chalé à direita — disse ele. — Feito de toras e galhos. Acha que devemos ir lá?

— Sim, com certeza — respondeu a menina. — Eu estou esgotada.

Então, o Espantalho guiou-a entre as árvores até que chegassem ao chalezinho. Dorothy entrou e encontrou uma cama de folhas secas num canto. Ela se deitou imediatamente e, com Totó ao seu lado, caiu logo em sono profundo. O Espantalho, que nunca se cansava, ficou em pé no outro canto e esperou pacientemente pela manhã.

5. O Resgate do Homem de Lata

Quando Dorothy acordou, o sol brilhava entre as árvores e Totó há muito já tinha saído e caçava passarinhos e esquilos. Ela se sentou e olhou em volta. O Espantalho, ainda em pé pacientemente no seu canto, esperava por ela.

— Temos que sair e procurar água — ela disse.

— Por que você quer água? — perguntou ele.

— Para lavar meu rosto depois de pegar tanto pó na estrada e para beber, para que o pão seco não grude na minha garganta.

— Deve ser inconveniente ser feito de pele — disse o Espantalho, pensativo. — Pois vocês precisam dormir, comer e beber. Entretanto, vocês têm cérebros e vale a pena passar por tudo isso só pela capacidade de pensar corretamente.

Eles deixaram o chalé e andaram pelas árvores até acharem uma pequena fonte de água limpa, onde Dorothy bebeu, lavou-se e comeu o café da manhã. Ela viu que não tinha sobrado muito pão na cesta e agradeceu que o Espantalho não precisava comer nada, pois mal dava para que ela e Totó se alimentassem naquele dia.

Quando acabou de comer e estava prestes a voltar para a estrada de tijolos amarelos, ela levou um susto ao ouvir um gemido profundo perto dali.

— O que foi isso? — perguntou ela, timidamente.

— Nem imagino — respondeu o Espantalho. — Mas podemos ir ver.

Então, ouviram outro gemido e o som parecia vir bem atrás deles. Eles se viraram e andaram alguns passos pela floresta. Foi quando Dorothy descobriu alguma coisa brilhando em meio a um raio de sol que caía entre as árvores. Ela correu até o lugar e parou chocada, dando um gritinho de susto.

Uma das grandes árvores tinha sido parcialmente cortada e, ao lado dela, erguendo um machado nas mãos, estava um homem inteiramente feito de lata. Sua cabeça e braços e pernas estavam articulados em seu corpo, mas ele permanecia perfeitamente imóvel, como se não pudesse se mexer.

Dorothy olhou para ele espantada, assim como o Espantalho, enquanto Totó latia como nunca e tentava morder as pernas de lata. Acabou machucando os dentes.

— Você gemeu? — perguntou Dorothy.

— Sim — respondeu o Homem de Lata. — Eu gemi. Eu estou gemendo há mais de um ano e ninguém nunca me escutou nem veio me ajudar.

— O que eu posso fazer por você? — perguntou ela delicadamente, pois tinha se emocionado com a voz triste do homem.

— Pegue uma lata de óleo e unte as minhas juntas — respondeu ele. — Elas estão tão enferrujadas que não consigo me mexer. Se estiver bem lubrificado, logo ficarei bem. Tem uma lata de óleo numa prateleira do meu chalé.

Dorothy correu de volta ao chalé e encontrou a lata de óleo, então voltou e perguntou ansiosamente:

— Onde estão suas juntas?

— Ponha óleo no meu pescoço primeiro — respondeu o Homem de Lata.

Então, ela passou óleo no pescoço dele. Estava tão enferrujado que o Espantalho pegou a cabeça de lata e movimentou-a gentilmente de um lado para o outro até amolecer, então o homem conseguiu virar a própria cabeça.

— Agora, coloque óleo nas juntas dos meus braços — disse ele.

E Dorothy passou óleo nelas e o Espantalho dobrou os braços cuidadosamente até que eles se soltassem e, livres da ferrugem, voltassem a ficar tão bons quanto se estivessem novos.

O Homem de Lata deu um suspiro de satisfação e baixou o machado, apoiando-se na árvore.

— Que alívio! — exclamou ele. — Eu estava segurando esse machado no ar desde quando enferrujei e estou feliz por poder finalmente colocá-lo no chão. Agora, se vocês colocarem óleo nas juntas das minhas pernas, eu ficarei inteiro bem de novo.

Então, eles lubrificaram as pernas dele até que conseguisse se mexer livremente. Ele os agradeceu muitas vezes, pois era uma criatura muito educada e muito grata.

— Eu poderia ter ficado ali para sempre se vocês não tivessem chegado — disse ele. — Vocês certamente salvaram a minha vida. Como vieram parar aqui?

— Estamos a caminho da Cidade das Esmeraldas para ver o Grande Oz — respondeu ela. — E nós paramos no seu chalé para passar a noite.

— Por que você quer ver Oz? — perguntou ele.

— Eu quero que ele me mande de volta para o Kansas, e o Espantalho quer que ele lhe dê um cérebro — respondeu ela.

O Homem de Lata pareceu pensar profundamente por um momento. Então, disse:

— Você acha que Oz poderia me dar um coração?

— Ora, acho que sim — respondeu Dorothy. — Seria tão fácil quanto dar um cérebro para o Espantalho.

— É verdade — concordou o Homem de Lata. — Então, se eu puder me juntar a vocês, também poderia ir à Cidade das Esmeraldas e pedir que Oz me ajudasse.

— Venha! — disse o Espantalho, entusiasmado.

E Dorothy acrescentou que a companhia dele seria um prazer. Então, o Homem de Lata colocou o machado no ombro e todos andaram pela floresta até voltarem à estrada pavimentada com tijolos dourados.

O Homem de Lata perguntou a Dorothy se poderia colocar sua lata de óleo dentro da cesta.

— Pois, se eu pegar chuva, posso enferrujar novamente — explicou ele. — E vou precisar muito da lata de óleo.

Foi sorte para o grupo ter esse novo membro, pois pouco depois chegaram num trecho da jornada onde as árvores e os galhos cobriam de tal forma a estrada que os viajantes não podiam passar. Mas o Homem de Lata começou a trabalhar com o machado e fez o serviço tão bem feito que logo limpou o caminho para que todos passassem.

Dorothy estava tão concentrada enquanto andavam que nem percebeu quando o Espantalho tropeçou num buraco e rolou para o lado da estrada. Ele foi até mesmo obrigado a chamá-la para ajudá-lo.

— Por que você não deu a volta no buraco? — perguntou o Homem de Lata.

— Eu não sei como fazer as coisas — respondeu o Espantalho, alegremente. — Minha cabeça é cheia de palha, sabe? É por isso que estou indo pedir um cérebro a Oz.

— Oh, entendo — respondeu o Homem de Lata. — Entretanto, um cérebro não é a melhor coisa do mundo.

— Você tem um cérebro? — perguntou o Espantalho.

— Não, minha cabeça é bem vazia — respondeu o Homem de Lata. — Mas eu já tive um cérebro e um coração também. Então, tendo experimentado os dois, prefiro mil vezes ter um coração.

— Por quê? — quis saber o Espantalho.

— Vou contar minha história e você vai entender.

Então, enquanto andavam pela floresta, o Homem de Lata contou a seguinte história:

— Eu era filho de um lenhador que cortava as árvores da floresta e vendia a madeira para sobreviver. Quando cresci, também me tornei um lenhador e, depois que meu pai morreu, cuidei da minha velha mãe até o fim da vida dela. Então, decidi que, em vez de viver sozinho, iria me casar, para que nunca mais me sentisse sozinho.

— Havia uma garota Munchkin que era tão linda que eu comecei a amá-la com todo o meu coração. E ela prometeu que se casaria comigo assim que eu ganhasse dinheiro para construir uma casa melhor para ela. Então comecei a trabalhar mais do que nunca. Mas a garota vivia com uma velha mulher que não queria que ela se casasse com qualquer um, pois ela era preguiçosa e queria que a garota permanecesse com ela e fizesse todo o trabalho de casa e cozinhasse. A velha mulher foi até a Bruxa Má do Leste e prometeu duas ovelhas e uma vaca caso ela pudesse evitar o casamento. Então, a Bruxa Má enfeitiçou o meu machado e, quando eu estava trabalhando muito bem disposto um dia, pois estava ansioso para conseguir minha casa nova e minha esposa o mais rápido possível, o machado escapou e cortou minha perna esquerda.

— A princípio, tudo me pareceu um grande golpe de azar, pois eu sabia que um homem com uma perna só não poderia trabalhar muito bem como lenhador. Então, fui num funileiro e pedi que ele me fizesse uma perna nova de lata. A perna funcionava muito bem e logo me acostumei com ela. Mas o que eu tinha feito deixou a Bruxa Má do Leste muito brava, pois ela tinha prometido à velha mulher que eu não me casaria com a bela garota Munchkin. Quando eu comecei a trabalhar novamente, meu machado escapou e cortou minha perna direita. Novamente fui ao funileiro e, novamente, ganhei uma perna de lata. Depois disso, o machado encantado cortou meus braços, um depois do outro. Mas, serenamente, substituí meus braços por braços de lata. A Bruxa Má então fez com que o machado escapasse e cortasse minha cabeça. No começo, pensei que seria o meu fim. Mas o funileiro estava por perto e fez uma cabeça de lata para mim.

— Eu pensei que tinha vencido a Bruxa Má depois de tudo isso, então trabalhei mais do que nunca. Mas eu não sabia como meu inimigo era cruel. Ela pensou num jeito novo de matar meu amor pela bela donzela Munchkin. Fez meu machado escapar novamente e ele passou direto pelo meu corpo, me dividindo em duas partes. Mais uma vez, o funileiro veio me socorrer e me fez um corpo de lata, colocando meus braços e pernas e cabeça juntos, articulados, e eu conseguia me mexer tão bem quanto antes. Mas, infelizmente, eu agora não tinha mais um coração! Então, perdi todo o amor que tinha pela garota Munchkin e não me importava se me casaria ou não com ela. Eu acho que ela ainda está vivendo com a velha mulher, esperando que eu volte para ela.

— Meu corpo brilhava tanto no sol que eu me sentia orgulhoso dele e não me importava mais se meu machado poderia ou não escapar das minhas mãos, pois não poderia mais me cortar. Havia apenas um perigo: minhas articulações poderiam enferrujar. Por isso, eu mantinha em meu chalé uma lata de óleo e sempre lubrificava minhas articulações quando necessário. Entretanto, um dia eu me esqueci de fazer isso e, embaixo de chuva, antes que eu me desse conta, minhas juntas enferrujaram e eu fiquei na floresta até vocês chegarem e me ajudarem. Foi um período terrível. Mas, durante o ano que fiquei ali, tive tempo de pensar que minha maior perda foi meu coração. Enquanto eu estava apaixonado, era o homem mais feliz da Terra. Mas ninguém pode amar sem coração, então estou decidido a pedir que Oz me dê um. Se ele me der, irei voltar para a donzela Munchkin e me casar com ela.

Dorothy e o Espantalho ouviram atentos a história do Homem de Lata e agora sabiam por que ele estava tão ansioso por um coração novo.

— Mesmo assim — disse o Espantalho —, eu pedirei um cérebro em vez de um coração, pois um tolo não saberá o que fazer com um coração se tiver um.

— Eu ficarei com o coração — retrucou o Homem de Lata. — Pois um cérebro não o fará feliz e a felicidade é a melhor coisa do mundo.

Dorothy não disse nada, pois estava se perguntando qual de seus dois amigos estaria certo. Então, pensou que se apenas pudesse voltar para o Kansas e para tia Em, não importaria muito se o Homem de Lata não tivesse cérebro e o Espantalho não tivesse coração, ou se cada um tivesse conseguido o que queria.

O que a preocupava mais era ver que o pão estava quase acabando e, na próxima refeição, ela e Totó esvaziariam a cesta. Claro que o Homem de Lata e o Espantalho não comiam nada, mas ela não era feita de lata nem de palha, e não poderia sobreviver sem ser alimentada.

6. O Leão Covarde

Durante todo esse tempo, Dorothy e seus companheiros estavam andando pela densa floresta. A estrada ainda estava pavimentada com os tijolos amarelos, mas eles estavam bem cobertos por galhos secos e folhas mortas que caíam das árvores, e andar em cima disso não era nada bom.

Havia menos pássaros nessa parte da floresta, pois os pássaros adoram espaços abertos onde há bastante sol. Mas, de vez em quando, se ouvia um grave rosnado de algum animal selvagem escondido entre as árvores. Esses sons faziam o coração da garotinha bater mais rápido, pois ela não sabia quem era o animal que fazia esse som. Mas Totó sabia e ele andava pertinho de Dorothy, e nem latia.

— Será que vai demorar muito para sairmos da floresta? — perguntou ela ao Homem de Lata.

— Eu não sei — foi a resposta. — Pois nunca estive na Cidade das Esmeraldas. Meu pai foi para lá uma vez, quando eu era menino, e ele disse que é uma longa jornada através de perigos. Mas os arredores da morada de Oz são lindos. Eu não tenho medo, pois estou com minha lata de óleo, nada pode machucar o Espantalho e você tem na testa a marca do beijo da Bruxa Boa e isso a protegerá do mal.

— Mas, e o Totó? — perguntou a garota, ansiosamente. — O que irá protegê-lo?

— Nós mesmos teremos de protegê-lo se ele estiver em perigo — explicou o Homem de Lata.

Assim que ele falou isso, veio da floresta um rugido terrível e, no momento seguinte, um enorme leão saltou no meio da estrada. Com uma patada, fez com que o Espantalho rodasse no ar e caísse no chão. Com as garras afiadas, atacou o Homem de Lata. Mas, para a surpresa do leão, ele não fez nem um risco na lata, embora o Homem de Lata tivesse caído no chão e estivesse imóvel.

O pequeno Totó, agora que tinha um inimigo para enfrentar, correu latindo na direção do leão, e a grande fera abriu a boca para morder o cachorrinho. Dorothy, temendo que Totó fosse morto e sem ligar para o perigo, correu na frente e bateu no focinho do leão com toda a força que tinha, enquanto gritava:

— Não se atreva a morder o Totó! Você devia se envergonhar! Uma grande fera como você mordendo um pobre cachorrinho!

— Eu não mordi ninguém — disse o Leão, enquanto esfregava o nariz onde tinha apanhado de Dorothy.

— Não, mas você tentou! — rebateu ela. — Você não passa de um grande covarde!

— Eu sei... — disse o Leão, baixando a cabeça, envergonhado. — Eu sempre soube disso. Mas o que eu posso fazer?

— Eu não sei! Mas pensar que você atacou um homem de palha, como esse pobre Espantalho!

— Ele é de palha? — perguntou o Leão, surpreso, enquanto observava a garota pegar o Espantalho e colocá-lo em pé, ajeitando a palha no lugar.

— Claro que ele é de palha! — respondeu Dorothy, ainda brava.

— Por isso foi tão fácil derrubá-lo — comentou o Leão. — Eu fiquei impressionado quando ele revirou no ar. O outro também é de palha?

— Não — respondeu Dorothy. — Ele é de lata.

E ajudou o Homem de Lata a se levantar.

— Por isso que ele quase quebrou minhas garras — disse o Leão. — Quando eu passei as garras na lata, senti um arrepio descendo pela espinha. O que é aquele pequeno animal que você tanto ama?

— É o meu cachorro, Totó — respondeu Dorothy.

— Ele é feito lata ou é de palha? — perguntou o Leão.

— Nem uma coisa nem outra. Ele é um... um... um cachorro de carne — explicou a garota.

— Oh! Ele é um animal curioso e extraordinariamente pequeno, agora que estou reparando nele. Ninguém pensaria em morder uma coisinha tão pequena, exceto um covarde como eu — completou o Leão, tristemente.

— Por que você se acha covarde? — perguntou Dorothy, olhando impressionada para a enorme fera, tão grande quanto um pequeno cavalo.

— É um mistério — respondeu o Leão. — Acho que eu nasci desse jeito. Todos os outros animais da floresta esperam, naturalmente, que eu seja valente, pois o Leão é considerado o Rei dos Animais em todos os lugares. Percebi que, se eu rosnar bem alto, todos ficarão com medo e sairão do meu caminho. Toda vez que encontro um homem fico morrendo de medo. Mas eu rosno e ele sai correndo o mais rápido que pode. Se elefantes, tigres e ursos quisessem brigar comigo, eu é que ia correr. Sou tão covarde... Mas assim que eles escutam o meu rosnado, todos correm para longe. E eu, obviamente, deixo que corram.

— Mas isso não é certo. O Rei dos Animais não deveria ser um covarde — disse o Espantalho.

— Eu sei — rebateu o Leão, limpando com a ponta do rabo uma lágrima que escorria. — É meu maior desgosto e por isso minha vida é muito infeliz. Mas, sempre que há perigo, meu coração dispara.

— Talvez você tenha um problema no coração — opinou o Homem de Lata.

— Pode ser — concordou o Leão.

— Se você tiver — continuou o Homem de Lata —, deveria ficar feliz, pois isso prova que tem um coração. Eu não tenho um. Por isso, não posso ter uma doença cardíaca.

— Talvez — disse o Leão, pensativo. — Se eu não tivesse um coração, não seria covarde.

— Você tem cérebro? — perguntou o Espantalho.

— Acho que sim. Eu nunca abri para ver — respondeu o Leão.

— Eu vou ver o Grande Oz e pedir que ele me dê um cérebro — contou o Espantalho. — Pois minha cabeça está cheia de palha.

— E eu vou pedir um coração — disse o Homem de Lata.

— E eu vou pedir para voltar para o Kansas junto com o Totó — acrescentou Dorothy.

— Vocês acham que Oz pode me dar coragem? — perguntou o Leão Covarde.

— Tão facilmente quanto me daria um cérebro — disse o Espantalho.

— Ou um coração — respondeu o Homem de Lata.

— Ou a viagem de volta ao Kansas — disse Dorothy.

— Então, se vocês não se importarem, eu vou com vocês — disse o Leão. — Pois minha vida é simplesmente insuportável sem um pouco de coragem.

— Seja muito bem-vindo! — disse Dorothy. — Você vai espantar as outras feras selvagens. Parece que elas são mais covardes, já que fogem assustadas de você.

— Elas são mesmo — disse o Leão. — Mas isso não me faz mais corajoso. E enquanto souber que sou um covarde, serei infeliz.

Então, o pequeno grupo retomou a jornada. O Leão caminhava imponente ao lado de Dorothy. Totó não aprovou o novo companheiro logo de cara, pois não conseguia se esquecer como quase tinha sido esmagado entre os dentes poderosos do Leão. Mas, depois de um tempo, ficou mais à vontade e logo Totó e o Leão Covarde se tornaram bons amigos.

Pelo resto do dia, não houve nenhuma outra desventura para arruinar a paz da jornada. Apenas quando o Homem de Lata pisou num besouro que estava atravessando a estrada e matou o coitadinho. Ele ficou muito chateado com isso, pois sempre tomava cuidado para não machucar nenhuma criatura viva. E, enquanto andava, chorou muitas lágrimas de lamento e arrependimento. As lágrimas rolavam devagar pela sua face e pelas juntas de seu maxilar e ali ficavam depositadas. Logo a seguir, quando Dorothy lhe fez uma pergunta, o Homem de Lata não conseguia abrir a boca, pois as articulações de suas mandíbulas tinham enferrujado e grudado. Ele ficou com muito medo ao perceber isso e gesticulou desesperado para que Dorothy o aliviasse, mas ela não conseguia entender. O Leão também ficou intrigado e queria saber o que estava errado. Mas o Espantalho pegou a lata de óleo da cesta de Dorothy e lubrificou a mandíbula do Homem de Lata, que depois de alguns instantes já conseguia falar tão bem quanto antes.

— Isso é uma lição para mim — disse ele. — Para olhar onde piso. Pois, se matar outro besouro ou inseto, certamente irei chorar de novo e chorar enferruja minhas articulações e eu não poderei falar.

A partir disso, ele andou com muito cuidado, com os olhos fixos na estrada. Quando viu uma formiguinha trabalhadeira passando, deu um passo sobre ela, para não machucá-la. O Homem de Lata sabia muito bem que não tinha coração e por isso tomava muito cuidado para não ser cruel ou impiedoso com nada.

— Vocês, pessoas que têm coração — disse ele —, têm algo para guiá-los e não precisam fazer nada errado. Mas eu não tenho coração, então preciso tomar muito cuidado. Quando Oz me der um coração, eu não precisarei me preocupar tanto.

7. A Jornada para o Grande Oz

Naquela noite, eles foram obrigados a acampar embaixo de uma grande árvore na floresta, pois não havia casas por perto. A árvore os protegia muito bem do orvalho e o Homem de Lata cortou uma grande pilha de lenha com seu machado e Dorothy fez uma fogueira esplêndida que a aqueceu e fez com que se sentisse menos solitária. Ela e Totó comeram os últimos pedaços de pão e agora ela não sabia o que comeriam no café da manhã.

— Se você quiser — disse o Leão —, posso ir para a floresta e matar um veado para você. Você pode assá-lo no fogo, já que seu gosto é tão peculiar que você prefere comida cozida, e então terá um ótimo café da manhã.

— Não! Por favor, não! — implorou o Homem de Lata. — Eu certamente irei chorar se você matar o pobre veado e minha mandíbula irá enferrujar novamente.

Mas o Leão foi para a floresta e encontrou seu próprio jantar. Ninguém ficou sabendo o que era, pois ele não disse nada. E o Espantalho encontrou uma árvore cheia de nozes e encheu a cesta de Dorothy com elas, para que ela tivesse comida por muito tempo. Ela achou que isso era muito gentil e atencioso da parte do Espantalho, mas não conseguiu segurar a risada ao ver o jeito atrapalhado com que a pobre criatura colhia as nozes. As mãos cheias de palha dele eram tão desajeitadas e as nozes eram tão pequenas que ele derrubava tantas quantas ele conseguia colocar na cesta. Mas o Espantalho não se importava com quanto tempo demoraria para encher a cesta pois, fazendo isso, ficava longe do fogo e ele temia que alguma faísca escapasse e o atingisse, queimando-o completamente. Então, ele mantinha uma boa distância das chamas e só chegou perto para cobrir Dorothy com folhas secas, quando ela se deitou para dormir. As folhas a mantinham confortável e aquecida, e ela dormiu até amanhecer o dia.

Quando amanheceu, a garota lavou o rosto num riachinho e logo todos já estavam a caminho da Cidade das Esmeraldas.

Esse dia foi cheio de acontecimentos para os viajantes. Não fazia nem uma hora que eles estavam andando quando viram diante deles um grande buraco no meio da estrada, dividindo a floresta ao meio até onde a vista alcançava. Era um buraco muito largo e, quando eles foram até a margem cuidadosamente e olharam para baixo, puderam ver que era também muito profundo e havia muitas pedras grandes espalhadas lá embaixo. Nenhum deles conseguiria descer e depois escalar o outro lado. Por um momento, parecia que a jornada teria que acabar ali.

— O que faremos? — perguntou Dorothy, desesperando-se.

— Não faço a menor ideia — respondeu o Homem de Lata.

O leão sacudiu a juba descabelada e ficou pensativo.

— Não podemos voar, isso é certo — disse o Espantalho. — Também não podemos atravessar esse grande penhasco. Por isso, se não pudermos pular, teremos que parar aqui.

— Acho que conseguiria pular — disse o Leão Covarde, depois de calcular a distância em sua mente.

— Então, estamos salvos — respondeu o Espantalho. — Pois você pode nos levar em suas costas, um de cada vez.

— Bem, vou tentar — disse o Leão. — Quem vem primeiro?

— Eu vou — declarou o Espantalho. — Pois, se você não conseguir pular esse precipício, Dorothy vai morrer e o Homem de Lata vai ficar todo amassado nas pedras lá embaixo. Mas, se eu estiver nas suas costas, nada vai acontecer, pois a queda não irá me machucar nada.

— Eu estou com um medo terrível de cair — disse o Leão Covarde. — Mas eu acho que só me resta tentar. Então, suba em minhas costas e vamos ver o que vai dar.

O Espantalho subiu nas costas do Leão e a grande fera andou até a beira do precipício e abaixou-se.

— Por que você não corre e pula? — perguntou o Espantalho.

— Porque não é assim que os nós, leões, fazemos essas coisas — respondeu ele.

Então, dando um grande impulso, voou pelos ares e pousou em segurança do outro lado. Todos ficaram muito satisfeitos em ver como ele conseguiu pular o precipício com facilidade. Assim que o Espantalho desceu das costas dele, o Leão atravessou o precipício novamente.

Dorothy achou que devia ser a próxima. Ela pegou Totó com uma das mãos e subiu nas costas do Leão, segurando firmemente em sua juba com a outra mão. No momento seguinte, parecia que estava voando pelos ares e então, antes que tivesse tempo de pensar no que estava acontecendo, estava salva do outro lado. O Leão voltou pela terceira vez e pegou o Homem de Lata. Então, todos se sentaram por um momento para que a fera descansasse, pois os grandes saltos o deixaram cansado e ele estava ofegante como um cachorro que tivesse corrido durante muito tempo.

A floresta estava mais densa desse lado e parecia escura e ameaçadora. Depois que o Leão já estava descansado, eles voltaram a seguir a estrada de tijolos amarelos, perguntando-se em silêncio, cada um em sua própria mente, se um dia chegariam no fim dessa floresta e voltariam a ver a luz do sol. Para ficar ainda pior, começaram a ouvir barulhos estranhos nas profundezas da mata, e o Leão sussurrou que era nessa parte do país que os Kalidahs viviam.

— O que são Kalidahs? — perguntou a garota.

— São monstros com corpo de urso e cabeça de tigre — respondeu o Leão. — E com garras tão longas e afiadas que podem me dividir em dois tão facilmente quanto eu poderia matar Totó. Eu tenho muito medo dos Kalidahs.

— Isso não me surpreende — respondeu Dorothy. — Eles devem ser monstros horríveis.

O Leão estava prestes a responder quando, de repente, chegaram a outro precipício no meio da estrada. Mas este era tão largo e profundo que o Leão soube, assim que o viu, que não poderia pular sobre ele.

Então, eles se sentaram e pensaram sobre o que deveriam fazer. Depois de uma séria consideração, o Espantalho disse:

— Há uma grande árvore aqui, perto do fosso. Se o Homem de Lata conseguir cortá-la, ela irá cair fazendo uma ponte, e poderemos atravessar para o outro lado.

— Que ideia ótima! — exclamou o Leão. — Dá até para pensar que você tem um cérebro dentro da cabeça, e não palha.

O Homem de Lata começou a trabalhar imediatamente com seu machado, e a árvore logo já estava quase caindo. Então, o Leão colocou suas fortes patas na árvore e a empurrou com toda a força. Vagarosamente, a grande árvore cedeu e caiu fazendo um grande barulho, com os galhos apoiados do outro lado, formando uma ponte.

O grupo tinha começado a cruzar a ponte improvisada quando um rosnado impressionante fez com que todos se virassem e olhassem para trás. Horrorizados, viram duas grandes feras vindo na direção deles, com corpos de urso e cabeças de tigre.

— São Kalidahs! — disse o Leão Covarde, começando a tremer.

— Rápido! — gritou o Espantalho. — Vamos para o outro lado!

Então, Dorothy foi primeiro, segurando Totó em seus braços. Em seguida, o Homem de Lata e o Espantalho. O Leão, embora estivesse com muito medo, virou-se para encarar os Kalidahs e deu um rugido tão alto e feroz que Dorothy gritou e o Espantalho caiu de costas. Até mesmo as ferozes bestas pararam imediatamente e olharam para ele, surpresas.

Entretanto, percebendo que eram tão grandes quanto o Leão e percebendo também que eram dois contra um, os Kalidahs voltaram a correr na direção do grupo. O Leão terminou de atravessar a árvore e virou-se para ver o que fariam a seguir. Sem parar nem mesmo por um instante, as feras também começaram a correr pela ponte. E o Leão disse a Dorothy:

— Estamos perdidos! Eles vão nos destroçar com suas garras afiadas! Fiquem atrás de mim! Enquanto estiver vivo, lutarei!

— Espere um minuto! — gritou o Espantalho.

Ele estava pensando na melhor saída e pediu ao Homem de Lata que cortasse a ponta da árvore que estava apoiada na borda do precipício. O Homem de Lata começou a cortar imediatamente. Assim que os dois Kalidahs estavam prestes a cruzar para o lado deles, a árvore caiu, fazendo um grande barulho pelo precipício e carregando consigo as horríveis feras que, rosnando, foram despedaçadas pelas afiadas pedras lá embaixo.

— Bem — disse o Leão Covarde, soltando um profundo suspiro de alívio. — Percebo que iremos viver por mais algum tempo e estou feliz por isso. Deve ser muito desconfortável não estar vivo. Essas criaturas me assustaram tanto que meu coração ainda está disparado.

— Ah! — exclamou tristemente o Homem de Lata. — Queria ter um coração disparado.

Essa aventura deixou os viajantes ainda mais ansiosos para sair da floresta, e eles começaram a andar tão rápido que Dorothy ficou cansada e teve que montar nas costas do Leão. Para a alegria de todos, as árvores ficavam cada vez mais finas à medida que avançavam. À tardinha, chegaram a um grande rio, que corria rapidamente diante deles. Na outra margem, enxergaram a estrada de tijolos amarelos continuando por uma linda paisagem: vales verdes, flores coloridas e árvores cheias de frutos dos dois lados da estrada. Ficaram muito felizes de ver esse lindo percurso diante deles.

— Como vamos cruzar o rio? — perguntou Dorothy.

— Isso é fácil — respondeu o Espantalho. — O Homem de Lata tem que construir uma jangada, para que possamos navegar até o outro lado.

Então o Homem de Lata pegou seu machado e começou a cortar pequenas árvores para fazer uma jangada. Enquanto estava ocupado com esse trabalho, o Espantalho encontrou uma árvore cheia de belos frutos perto dali. Dorothy ficou muito feliz com isso, pois não tinha comido nada além de nozes o dia todo e fez uma bela refeição com as frutas maduras.

Mas fazer uma jangada leva tempo, mesmo para alguém habilidoso e incansável como o Homem de Lata, e quando a noite chegou, o trabalho ainda não estava pronto. Então, encontraram um lugar confortável embaixo das árvores e dormiram até o dia seguinte. Dorothy sonhou com a Cidade das Esmeraldas e com o bom Mágico de Oz, que logo a mandaria de volta para casa.

8. O Mortal Campo de Papoulas

Nosso pequeno grupo de viajantes acordou na manhã seguinte, descansado e cheio de esperança. Dorothy tomou um café da manhã de princesa, com muitos pêssegos e ameixas das árvores às margens do rio. Atrás deles estava a floresta escura, pela qual haviam passado com segurança, embora tivessem levado muitos sustos. Diante deles estava uma bela paisagem ensolarada, que parecia iluminar o caminho para a Cidade das Esmeraldas.

A única coisa que os separava da linda terra era o rio que cruzava o caminho. Mas a jangada estava quase pronta. O Homem de Lata cortou mais algumas toras e as uniu com pinos de madeira e estavam prontos para partir. Dorothy sentou-se no meio da jangada e segurou Totó em seus braços. Quando o Leão Covarde subiu, a jangada balançou bastante, pois ele era grande e pesado. Mas o Espantalho e o Homem de Lata ficaram do outro lado para equilibrar. Eles tinham longos cabos nas mãos para remar e direcionar a jangada pela água.

No começo estavam indo muito bem, mas quando alcançaram a metade do rio a corrente começou a puxar a jangada rio abaixo, cada vez mais longe da estrada de tijolos amarelos. E a água se tornava cada vez mais funda e os longos cabos não tocavam mais o fundo.

— Isso não é bom — disse o Homem de Lata. — Pois, se não conseguirmos chegar do outro lado, seremos levados para o território da Bruxa Má do Oeste, que irá colocar um feitiço em nós e nos transformar em escravos.

— E eu não terei conseguido um cérebro! — exclamou o Espantalho.

— E eu não serei corajoso! — exclamou o Leão Covarde.

— E eu não terei um coração! — exclamou o Homem de Lata.

— E eu nunca voltarei para o Kansas! — disse Dorothy.

— Temos que fazer de tudo para conseguir chegar na Cidade das Esmeraldas! — continuou o Espantalho.

E fez tanta força com seu remo que o enterrou na lama no fundo do rio. Então, antes que ele conseguisse puxá-lo novamente, ou mesmo soltá-lo, a jangada foi levada e o pobre Espantalho foi deixado pendurado no cabo no meio do rio.

— Adeus! — gritou ele, sendo deixado para trás.

Todos sentiram muita pena. O Homem de Lata até começou a chorar, mas felizmente se lembrou que poderia enferrujar então secou as lágrimas no avental de Dorothy.

Claro que isso era péssimo para o Espantalho.

"Agora estou numa situação ainda pior do que quando encontrei Dorothy", pensou ele. "Ali, estava num poste no meio de uma plantação de milho, onde podia fingir que assustava os corvos. Mas aqui, no meio do rio, não tenho utilidade nenhuma. Temo que não conseguirei meu cérebro, no fim das contas!".

A jangada era levada rio abaixo e o pobre Espantalho era deixado lá atrás. Então, o Leão disse para o Homem de Lata:

— Alguma coisa deve ser feita! Precisamos nos salvar! Acho que consigo nadar até a margem e puxar a jangada, se você segurar firme na ponta do meu rabo.

Ele então mergulhou, e o Homem de Lata segurou firmemente o rabo dele. O Leão começou a nadar com todas as suas forças. Era uma tarefa difícil, mesmo ele sendo tão grande. Pouco a pouco, eles foram atravessando a corrente, e Dorothy pegou o remo do Homem de Lata e ajudou a empurrar a jangada.

Estavam todos exaustos quando finalmente chegaram à margem e pisaram na linda grama verde. Eles também sabiam que o rio os tinha arrastado para muito longe da estrada de tijolos amarelos que levaria à Cidade das Esmeraldas.

— O que faremos agora? — perguntou o Homem de Lata, assim que o Leão deitou-se na grama para secar ao sol.

— Temos que voltar à estrada, de qualquer jeito — respondeu Dorothy.

— O melhor jeito é seguir a margem do rio até chegarmos novamente na estrada — disse o Leão.

Então, quando todos já estavam descansados, Dorothy pegou sua cesta e todos começaram a andar pelas margens gramadas, em busca da estrada que tinha sido deixada para trás. Era um lugar lindo, com muitas flores e árvores frutíferas e havia o calor do Sol para alegrá-los. Se não estivessem com tanta pena do pobre Espantalho, teriam ficado muito felizes.

Eles andavam o mais rápido que podiam e Dorothy só parou uma vez para colher uma linda flor. Depois de um tempo, o Homem de Lata gritou:

— Vejam!

Todos olharam para o rio e viram o Espantalho empoleirado no cabo no meio da água, com um aspecto muito solitário e triste.

— O que podemos fazer para salvá-lo? — perguntou Dorothy.

O Leão e o Homem de Lata balançaram a cabeça, pois não sabiam. Então, sentaram-se à margem do rio e encararam o Espantalho melancolicamente, até que uma cegonha passou voando. Vendo que estavam ali, ela pousou na margem do rio para descansar.

— Quem são vocês e para onde estão indo? — perguntou a Cegonha.

— Eu sou Dorothy — respondeu a garota. — E esses são meus amigos, o Homem de Lata e o Leão Covarde. Estamos indo para a Cidade das Esmeraldas.

— A estrada não é aqui — disse a Cegonha, enquanto virava o longo pescoço e encarava o estranho grupo.

— Eu sei — rebateu Dorothy. — Mas perdemos nosso amigo Espantalho e estamos tentando descobrir como resgatá-lo.

— Onde está ele? — perguntou a Cegonha.

— Ali, no rio — respondeu a garotinha.

— Se ele não fosse tão grande e pesado, eu poderia pegá-lo — disse a Cegonha.

— Ele não é nem um pouco pesado — respondeu Dorothy, ansiosamente. — Seu corpo é de palha. Se você conseguir pegá-lo para nós, iremos agradecer muito, muito, muito!

— Bem, vou tentar — disse a Cegonha. — Mas se achar que ele é pesado demais, terei que jogá-lo novamente no rio.

Então o grande pássaro voou acima da água e chegou até onde o Espantalho estava empoleirado. Daí, com suas poderosas garras, a Cegonha agarrou o braço do Espantalho e o carregou até a margem, onde Dorothy, o Leão, o Homem de Lata e Totó estavam sentados.

Quando o Espantalho viu que estava novamente com seus amigos, ficou tão feliz que abraçou todos, até mesmo o Leão e Totó. E dava pulinhos cantarolando "tol-de-ri-de-oh!", sentindo-se muito feliz.

— Fiquei com medo de ficar naquele rio para sempre — disse ele. — Mas a bondosa Cegonha me salvou e, se eu conseguir meu cérebro, vou reencontrá-la e fazer alguma boa ação como agradecimento.

— Está tudo bem — disse a Cegonha, que estava voando ao lado dele. — Eu sempre gosto de ajudar alguém que está com problemas. Mas eu preciso ir embora, pois meus bebês estão esperando no ninho por mim. Espero que vocês encontrem a Cidade das Esmeraldas e que Oz os ajude.

— Obrigada! — respondeu Dorothy.

Então, a bondosa Cegonha voou pelos ares e logo sumiu de vista.

Enquanto andavam, ouviam o canto dos passarinhos coloridos e olhavam para as lindas flores, que agora cobriam o chão como um tapete. Havia grandes flores amarelas, brancas, azuis e roxas, além de grandes aglomerados de papoulas vermelhas, que eram tão brilhantes que quase deixavam Dorothy zonza.

— Elas não são lindas? — perguntou a garota, enquanto respirava o perfume picante das flores brilhantes.

— Acho que sim — respondeu o Espantalho. — Quando eu tiver cérebro, provavelmente gostarei mais delas.

— Se eu tivesse um coração, amaria todas elas — acrescentou o Homem de Lata.

— Eu sempre gostei de flores — disse o Leão. — Elas parecem tão indefesas e frágeis. Mas não há nenhuma flor na floresta tão brilhante quanto essas.

Mais e mais papoulas vermelhas... Menos e menos outras flores... Logo, estavam no meio de um grande campo de papoulas. Ora, todos sabem que, quando há muitas papoulas juntas, o perfume é tão potente que pode fazer uma pessoa adormecer. E se quem está dormindo não for tirado do meio do perfume, pode dormir para sempre. Mas Dorothy não sabia disso, nem poderia sair do meio das brilhantes flores vermelhas que a cercavam por todos os lados. Então, logo, logo, seus olhos começaram a ficar pesados e ela precisou se sentar para descansar e dormir.

Mas o Homem de Lata não deixou que ela fizesse isso.

— Temos que nos apressar para voltar à estrada de tijolos amarelos antes do anoitecer — disse, e o Espantalho concordou com ele.

Então, continuaram andando até que Dorothy não conseguiu mais ficar em pé. Seus olhos se fecharam, apesar da força de vontade de mantê-los abertos. Ela se esqueceu de onde estava e caiu entre as papoulas, adormecida.

— O que faremos? — perguntou o Homem de Lata.

— Se a deixarmos aqui, ela vai morrer — disse o Leão. — O perfume das flores está matando todos nós. Eu mesmo quase não consigo mais manter meus olhos abertos e o cachorro já está dormindo.

Era verdade: Totó estava caído ao lado de sua pequena dona. Mas o Espantalho e o Homem de Lata, não sendo feitos de carne e osso, não foram perturbados pelo perfume das flores.

— Corra! — disse o Espantalho para o Leão. — E saia desse campo mortal de flores o mais rápido que conseguir. Nós levaremos a garotinha conosco, mas, se você dormir, não conseguiremos carregá-lo.

Então o Leão reuniu suas forças e correu para longe o mais rápido que conseguiu. Em um momento, ele sumiu de vista.

— Vamos juntar nossas mãos, fazendo um suporte para carregá-la — disse o Espantalho.

Então, pegaram Totó e o colocaram no colo de Dorothy. Em seguida, fizeram uma cadeira com as mãos e, usando os braços como apoio, carregaram a garota adormecida através das flores.

Eles andavam e andavam e parecia que o tapete de flores mortais ao redor deles nunca terminaria. Seguiram a margem do rio e acabaram encontrando o amigo Leão, profundamente adormecido entre as papoulas. As flores tinham sido fortes demais até para o grande animal e ele tinha finalmente cedido, caído a uma pequena distância do fim da cama de papoulas, onde a grama se espalhava em lindos campos verdes diante deles.

— Não podemos fazer nada por ele — disse o Homem de Lata, triste. — Ele é pesado demais para carregarmos. Temos que deixá-lo aí, para que ele durma para sempre. Talvez ele sonhe que encontrou a coragem, finalmente.

— Sinto tanto — disse o Espantalho. — O Leão era um bom camarada, mesmo sendo covarde. Mas temos que ir.

Eles levaram a garotinha até um belo lugar perto do rio, longe o suficiente do campo de papoulas para evitar que ela respirasse o veneno das flores. Ali a deitaram muito delicadamente na grama macia e esperaram que a brisa fresca a acordasse.

9. A Rainha dos Ratos do Mato

— Não devemos estar longe da estrada de tijolos amarelos agora — observou o Espantalho, ao lado da garota. — Já andamos tanto quanto o rio nos arrastou.

O Homem de Lata estava prestes a responder quando ouviu um rugido baixo e, virando a cabeça (que se mexia através de belas dobradiças), viu um estranho animal pulando na grama na direção deles. Era, na verdade, um Gato do Mato, e o Homem de Lata achou que ele estava perseguindo alguma coisa, pois estava com as orelhas abaixadas, rente à cabeça, e sua boca estava bem aberta, mostrando duas fileiras de dentes feios, e seus olhos vermelhos brilhavam como bolas de fogo. Conforme chegava perto, o Homem de Lata viu que, correndo à frente da fera, estava um pequeno ratinho do mato cinzento. E mesmo não tendo coração, ele sabia que era errado o Gato do Mato tentar matar uma criatura tão bela e indefesa.

Então, o Homem de Lata ergueu seu machado e, assim que o Gato do Mato passou correndo, deu um golpe rápido que cortou a cabeça da fera de uma só vez, e os dois pedaços rolaram até seus pés.

O rato do mato, agora livre do inimigo, parou de correr imediatamente. Devagarinho, chegou perto do Homem de Lata e disse, num guinchinho:

— Oh, obrigado! Muito obrigado por salvar a minha vida!

— Não me agradeça, eu imploro — respondeu o Homem de Lata. — Sabe, eu não tenho coração e presto atenção em todos que possam precisar de um amigo, mesmo que seja apenas um ratinho.

— Apenas um rato! — gritou o pequeno animal, indignado. — Ora, eu sou uma rainha... A Rainha dos Ratos do Mato!

— Oh, certamente! — disse o Homem de Lata, fazendo uma reverência.

— Portanto, seu ato de salvar minha vida foi grandioso, assim como corajoso — acrescentou a Rainha.

Naquele momento, vários ratos passaram correndo tão rapidamente quanto suas pequenas pernas conseguiam carregá-los e, quando viram sua Rainha, exclamaram:

— Oh, Vossa Majestade! Pensamos que tivesse sido morta! Como conseguiu escapar do grande Gato do Mato?

Todos eles abaixaram-se, reverenciando a pequena Rainha com tanto respeito que quase plantaram bananeira.

— Este peculiar Homem de Lata — respondeu ela — matou o Gato do Mato e salvou a minha vida. Então, de agora em diante, todos vocês devem servi-lo e obedecer a todas as suas ordens.

— Serviremos! — gritaram todos os ratos, num coro estridente.

Então, todos se espalharam em todas as direções, pois Totó acabava de acordar e, vendo todos aqueles ratos ao redor, deu um latido de satisfação e pulou bem no meio do grupo. Totó sempre adorou correr atrás de ratos quando vivia no Kansas, então não viu problema nenhum em persegui-los.

Mas o Homem de Lata pegou o cachorro nas mãos e segurou-o firme, enquanto gritava para os ratos:

— Voltem! Voltem! Totó não irá machucá-los!

Com isso, a Rainha dos Ratos tirou a cabeça de debaixo de um monte de grama e perguntou, numa voz tímida:

— Tem certeza que ele não irá nos morder?

— Eu não permitirei — disse o Homem de Lata. — Então, não tenham medo.

Um por um, os ratos começaram a voltar cautelosamente, e Totó não latiu novamente, embora tentasse se livrar do abraço do Homem de Lata. E o teria mordido se não soubesse muito bem que ele era feito de lata. Finalmente, um dos maiores ratos falou.

— Há algo que possamos fazer para recompensá-lo por salvar a vida da nossa Rainha? — perguntou ele.

— Nada que eu possa pensar — perguntou o Homem de Lata.

Mas o Espantalho, que estava tentando pensar, mas não podia pois sua cabeça era cheia de palha, disse, rapidamente:

— Oh, sim! Vocês podem salvar o nosso amigo, o Leão Covarde, que está dormindo no campo de papoulas.

— Um Leão! — gritou a pequena Rainha. — Ora, ele irá comer todos nós!

— Oh, não! — declarou o Espantalho. — O Leão é covarde.

— Sério? — perguntou o Rato.

— Ele mesmo diz isso — respondeu o Espantalho. — E ele nunca machucaria ninguém que é nosso amigo. Se vocês ajudarem a salvá-lo, prometo que ele será muito bom com todos.

— Muito bem — concordou a Rainha. — Confiamos em você. Mas o que podemos fazer?

— Há muitos desses ratos que a chamam de Rainha e que lhe obedecem?

— Oh, sim, há milhares — respondeu ela.

— Então, chame todos aqui o mais rápido possível e que cada um traga um pedaço de corda.

A Rainha virou-se para os ratos que a cercavam e ordenou que buscassem todos os seus súditos. Assim que ouviram as ordens dela, correram em todas as direções o mais rápido possível.

— Agora — disse o Espantalho para o Homem de Lata —, você deve cortar as árvores perto do rio e fazer um suporte para carregar o Leão.

Então, o Homem de Lata partiu imediatamente e começou a trabalhar. Rapidamente, ele tinha feito um carrinho com os troncos das árvores, sem as folhas nem os galhos. Ele os juntou com pregos de madeira e fez quatro rodas com os pedaços menores do tronco de uma grande árvore. Foi um trabalho tão bom e feito em tão pouco tempo que quando os ratos começaram a chegar, já estava tudo pronto.

Eles vinham de todas as direções e havia milhares deles: ratos grandes e pequenos, e médios. Cada um trazia um pedaço de corda na boca. Foi nessa hora que Dorothy acordou de seu longo sono e abriu os olhos. Ela ficou muito impressionada de se ver deitada na grama, com milhares de ratos ao seu redor, encarando-a timidamente. Mas o Espantalho lhe contou tudo e, virando-se para a respeitável Ratinha, disse:

— Permita-me apresentar-lhe Sua Majestade, a Rainha.

Dorothy fez uma reverência solene e a Rainha fez uma mesura. Logo em seguida, tratou a garotinha muito amigavelmente.

O Espantalho e o Homem de Lata agora começaram a prender os ratos ao carrinho, usando as cordas que tinham trazido. As pontas estavam amarradas ao pescoço de cada rato e ao carrinho. Claro que o carrinho era mil vezes maior que qualquer um dos animaizinhos, mas, depois que todos os ratos tinham sido amarrados, conseguiram puxá-lo facilmente. O Espantalho e o Homem de Lata até mesmo conseguiram se sentar no carrinho e ser puxados pelos estranhos cavalinhos até o lugar onde o Leão estava deitado, adormecido.

Depois de um grande esforço, pois o Leão era pesado, conseguiram colocá-lo sobre o carrinho. Então, a Rainha rapidamente ordenou que seus súditos começassem a puxar, pois temia que, se os ratos ficassem tempo demais entre as papoulas, eles também pudessem adormecer.

Primeiramente, as pequenas criaturas, mesmo sendo muitas, não conseguiam nem mexer a pesada carga. O Espantalho e o Homem de Lata começaram a empurrar e logo conseguiram colocar o carrinho em movimento. Rapidamente tiraram o Leão do campo de papoulas e o levaram aos campos verdes, onde ele poderia respirar o doce ar fresco novamente, em vez do venenoso perfume das flores.

Dorothy foi encontrá-los e agradeceu carinhosamente aos pequenos ratos por salvarem seu companheiro da morte. Ela tinha começado a gostar muito do grande Leão e ficou feliz por ele ter sido resgatado.

Então, os ratos foram desamarrados do carrinho e correram pela grama de volta para suas casas. A Rainha dos Ratos foi a última a partir.

— Se precisarem de nós novamente, venham para o campo e nos chamem — disse ela. — Vamos ouvi-los e viremos ajudá-los! Adeus!

— Adeus! — responderam todos.

E a Rainha saiu correndo, enquanto Dorothy segurava Totó firmemente para que ele não corresse atrás dela e a assustasse.

Depois disso, eles se sentaram ao lado do Leão até que ele acordasse. O Espantalho pegou algumas frutas das árvores ao redor e entregou-as a Dorothy, e esse foi o jantar da menina.

10. O Guardião dos Portões

Demorou um pouco para o Leão Covarde acordar, pois ele tinha ficado muito tempo entre as papoulas, respirando o perfume mortal. Quando abriu os olhos e rolou para fora do carrinho, ficou muito feliz de ver que ainda estava vivo.

— Eu corri o mais rápido que consegui — disse ele, sentando-se e bocejando. — Mas as flores eram fortes demais para mim. Como vocês conseguiram me tirar dali?

Então, eles contaram sobre os ratos do mato e como eles generosamente o salvaram da morte. O Leão Covarde riu e disse:

— Eu sempre pensei que era grande e terrível. Mas, coisas tão pequenas quanto flores quase me mataram e animais tão pequenos quanto ratos salvaram minha vida. Como tudo isso é estranho! Então, camaradas, o que faremos agora?

— Temos que continuar andando até reencontrar a estrada de tijolos amarelos — explicou Dorothy. — Então podemos continuar até a Cidade das Esmeraldas.

Então, assim que o Leão sentiu-se descansado e muito bem, todos voltaram à jornada, adorando andar pela grama fresca e macia. Não demorou muito para que alcançassem a estrada de tijolos amarelos e retomassem o caminho para a Cidade das Esmeraldas, onde o Grande Oz morava.

A estrada era lisa e bem pavimentada agora, e o lugar era lindo, então os viajantes ficaram felizes em deixar a floresta lá atrás, com seus muitos perigos escondidos nas ameaçadoras sombras. As cercas ao redor da estrada reapareceram, mas estavam pintadas de verde. As casinhas, onde viviam, obviamente, fazendeiros, também eram verdes. Eles passaram por muitas dessas casas durante a tarde, e às vezes as pessoas saíam às portas e olhavam para eles como se quisessem fazer perguntas. Mas ninguém chegava perto ou falava com eles por causa do grande Leão, do qual todos tinham muito medo. As pessoas estavam todas vestidas com uma linda cor verde-esmeralda e usavam chapéus pontudos como os dos Munchkins.

— Esta deve ser a Terra de Oz — disse Dorothy. — E certamente estamos chegando perto da Cidade das Esmeraldas.

— Sim — respondeu o Espantalho. — Tudo é verde aqui. No país dos Munchkins, a cor favorita era o azul. Mas as pessoas não parecem tão amigáveis quanto os Munchkins. Temo que não encontraremos um lugar para passar a noite.

— Eu queria comer alguma coisa que não fosse fruta — disse a garota. — E tenho certeza de que o Totó está quase morrendo de fome. Vamos parar na próxima casa e falar com as pessoas.

Então, quando chegaram a uma casa de fazenda de bom tamanho, Dorothy andou corajosamente até a porta e bateu.

Uma mulher abriu apenas o suficiente para olhar para fora e perguntou:

— O que você quer, criança? E por que esse grande Leão está com você?

— Queremos passar a noite com você, se você permitir — respondeu Dorothy. — E o Leão é meu amigo e camarada e nunca irá machucá-la.

— Ele é manso? — perguntou a mulher, abrindo um pouco mais a porta.

— Ah, sim! — confirmou a garota. — E também é muito covarde. Ele tem mais medo de você do que você dele.

— Bem — disse a mulher, depois de pensar um pouco e dar mais uma olhada no Leão. — Se é assim, vocês podem entrar. Eu farei um jantar e lhes darei um lugar para dormir.

Então todos entraram na casa, onde estavam, além da mulher, duas crianças e um homem. O homem tinha a perna machucada e estava deitado num sofá, no canto. Eles pareciam muito surpresos de ver o estranho grupo e, enquanto a mulher estava ocupada colocando a mesa, o homem perguntou:

— Para onde vocês estão indo?

— Para a Cidade das Esmeraldas — respondeu Dorothy. — Para ver o Grande Oz.

— Oh, é mesmo? — exclamou o homem. — Tem certeza que Oz irá vê-los?

— Por que ele não veria? — perguntou ela.

— Ora, todos dizem que ele não deixa ninguém chegar diante ele. Eu já estive na Cidade das Esmeraldas muitas vezes. É um lugar lindo, maravilhoso. Mas nunca tive permissão para ver o Grande Oz e não conheço ninguém que esteja vivo que o tenha visto.

— Ele nunca sai? — perguntou o Espantalho.

— Nunca. Ele fica sentado dia após dia na grande Sala do Trono de seu Palácio, e mesmo aqueles que o servem nunca o viram face a face.

— Como ele é? — quis saber a garota.

— É difícil de descrever — disse o homem, pensativo. — Você sabe, Oz é um Grande Mágico e pode assumir qualquer forma que desejar. Então, em alguns dias, as pessoas dizem que ele se parece como um passarinho; em outros, dizem que ele é como um elefante; e outros ainda dizem que ele é um gato. Para outros, ele aparece como uma linda fada, ou um bolinho ou qualquer outra forma que o agrade. Mas quem é o verdadeiro Oz, na sua forma real, nenhuma pessoa sabe.

— Isso é muito estranho — disse Dorothy. — Mas precisamos tentar vê-lo de qualquer jeito ou teremos feito essa jornada inutilmente.

— Por que você deseja ver o terrível Oz? — perguntou o homem.

— Eu quero que ele me dê um cérebro — respondeu ansiosamente o Espantalho.

— Oh, Oz poderia fazer isso facilmente — declarou o homem. — Ele tem mais cérebro do que precisa.

— Tudo que eu quero é que ele me dê um coração — disse o Homem de Lata.

— Isso não será um problema para ele — continuou o homem. — Pois Oz tem uma grande coleção de corações, de todos os tamanhos e formatos.

— E eu quero que ele me dê coragem — disse o Leão Covarde.

— Oz tem um grande pote de coragem na Sala do Trono — disse o homem. — Ele o mantém coberto com um prato de ouro, para que o que está dentro não transborde. Ele ficará feliz em lhe dar um pouco.

— E eu quero que ele me mande de volta para o Kansas — disse Dorothy.

— Onde é o Kansas? — perguntou o homem, surpreso.

— Eu não sei — respondeu Dorothy, lamentando-se. — Mas lá é a minha casa e eu tenho certeza de que é em algum lugar

— Com certeza. Bem, Oz pode fazer qualquer coisa, então acho que ele encontrará o Kansas para você. Mas primeiro você tem que conseguir vê-lo e isso será uma tarefa difícil, pois o Grande Oz não gosta de ver ninguém e ele sempre faz as coisas do jeito que quer. Mas o que VOCÊ quer? — continuou ele, falando com Totó.

Totó apenas abanou o rabo, pois, estranhamente, não sabia falar.

A mulher chamou todos, pois o jantar estava pronto. Eles se reuniram ao redor da mesa e Dorothy comeu um delicioso mingau, um prato de ovos mexidos e um delicioso pão branco. Ela adorou a refeição. O Leão comeu um pouco do mingau, mas não gostou muito, dizendo que era feito de aveia e aveia é comida de cavalo, não de leão. O Espantalho e o Homem de Lata não comeram nada. Totó comeu um pouquinho de tudo e ficou feliz por ter tido um bom jantar novamente.

Em seguida, a mulher preparou uma cama para Dorothy dormir e Totó deitou-se ao lado dela, enquanto o Leão guardava a porta do quarto para que ela não fosse perturbada. O Espantalho e o Homem de Lata ficaram em pé num canto, quietos a noite toda, embora, obviamente, não pudessem dormir.

Na manhã seguinte, assim que o sol apareceu, eles retomaram a jornada. Logo viram um lindo brilho verde no céu diante deles.

— Deve ser a Cidade das Esmeraldas — disse Dorothy.

Conforme se aproximavam, o brilho cintilava mais e mais, e parecia que, finalmente, estavam mesmo no fim da jornada. Mas já tinha ficado tarde antes mesmo de chegarem à grande muralha que cercava a cidade. Era alta e larga, e de um verde brilhante. Diante deles, no fim da estrada de tijolos amarelos, estava um grande portão, todo decorado com esmeraldas que brilhavam tanto no sol, que até mesmo os olhos pintados do Espantalho ficaram deslumbrados com tanto brilho.

Havia uma campainha ao lado do portão. Dorothy apertou-a e ouviu um sonzinho de sino lá dentro. Então, o portão foi aberto e todos entraram num grande salão de teto arqueado, as paredes todas decoradas com inúmeras esmeraldas brilhantes.

Diante deles, havia um pequeno homem, do mesmo tamanho dos Munchkins. Ele estava vestido de verde, da cabeça aos pés, e mesmo sua pele tinha um tom esverdeado. Do lado dele havia uma grande caixa verde.

Quando viu Dorothy e seus companheiros, o homem perguntou:

— O que vocês desejam na Cidade das Esmeraldas?

— Nós viemos ver o Grande Oz — respondeu Dorothy.

O homem ficou tão surpreso com a resposta que se sentou para pensar.

— Já faz muitos anos que alguém me pediu para ver Oz — disse ele, balançando a cabeça, perplexo. — Ele é poderoso e terrível e se você vier com um pedido insignificante ou tolo para incomodar as sábias reflexões do Grande Mágico, ele pode ficar bravo e destruir todos vocês num instante.

— Mas não é algo insignificante ou tolo — respondeu o Espantalho. — É importante. E nos disseram que Oz é um Bruxo bom.

— Ele é — disse o homem verde. — Ele governa a Cidade das Esmeraldas bem e sabiamente. Mas com aqueles que não são honestos, ou que se aproximam dele por curiosidade, ele é o mais terrível. E poucos se atreveram a pedir para vê-lo. Eu sou o Guardião dos Portões e, já que vocês pedem para ver o Grande Oz, eu preciso levá-los ao Palácio dele. Mas, primeiramente, vocês devem colocar os óculos.

— Por quê? — perguntou Dorothy.

— Porque se vocês não usarem os óculos, o brilho e a glória da Cidade das Esmeraldas vai cegá-los. Até mesmo os que vivem na Cidade precisam usar óculos, noite e dia. Estão todos trancados, pois Oz ordenou que assim fosse quando a Cidade foi construída. E eu tenho a única chave.

Ele abriu a grande caixa e Dorothy viu que estava cheia de óculos, de todos os tamanhos e formatos. Todos eles eram feitos de vidro verde. O Guardião dos Portões encontrou um par que servia perfeitamente em Dorothy e colocou sobre os olhos dela. Havia duas tiras douradas que davam a volta na nuca e eram fechadas por uma pequena chave que ficava numa corrente que o Guardião dos Portões levava no pescoço. Uma vez em seu rosto, Dorothy não conseguia tirá-los mesmo se quisesse. Mas claro que ela não queria ficar cega pelo brilho da Cidade das Esmeraldas, então não disse nada.

Então, o homem verde encontrou óculos que serviam no Espantalho e no Homem de Lata, e no Leão e até mesmo no pequeno Totó. E todos foram trancados com a chave.

Daí, o Guardião dos Portões colocou seus próprios óculos e disse que estava pronto para levá-los ao Palácio. Pegando uma grande chave dourada de um suporte na parede, ele abriu outro portão, e todos o seguiram pelo portal que dava nas ruas da Cidade das Esmeraldas.

11. A Maravilhosa Cidade de Oz

Até mesmo com os olhos protegidos pelos óculos verdes, Dorothy e seus amigos ficaram imediatamente deslumbrados pelo brilho da maravilhosa cidade. As ruas eram cercadas por lindas casas, todas feitas de mármore verde e decoradas por todos os lados com cintilantes esmeraldas. Eles andaram sobre uma calçada do mesmo mármore verde, onde os rejuntes eram fileiras de esmeraldas, umas coladas às outras, que brilhavam sob a luz do sol. As janelas eram de vidro verde e ate mesmo o céu sobre a Cidade tinha um tom esverdeado, e os raios de sol eram verdes.

Havia muitas pessoas — homens, mulheres e crianças — andando por lá, e todos estavam vestidos com roupas verdes e tinham a pele esverdeada. Eles olhavam para Dorothy e o estranho grupo com olhares questionadores. As crianças saíam correndo e se escondiam atrás de suas mães quando viam o Leão. E ninguém falava com eles. Havia muitas lojas nas ruas e Dorothy

OZ

reparou que tudo que vendiam era verde: doces e pipocas verdes estavam à venda, assim como sapatos verdes, chapéus verdes e todo tipo de roupa verde. Num lugar havia um homem vendendo limonada verde e, quando as crianças pagavam por um copo, Dorothy viu que usavam moedas verdes.

Parecia não haver cavalos ou animais de nenhum tipo: os homens carregavam as coisas em pequenos carrinhos verdes, que empurravam diante deles. Todos pareciam felizes, satisfeitos e prósperos.

O Guardião dos Portões os conduziu pelas ruas até chegarem a uma grande construção, exatamente no meio da cidade, que era o Palácio de Oz, o Grande Mágico. Havia um soldado diante da porta, vestido com um uniforme verde e com uma longa barba verde.

— Aqui estão os estranhos — disse o Guardião dos Portões para ele. — E eles querem ver o Grande Oz.

— Entrem — respondeu o soldado. — Eu levarei a mensagem a ele.

Então, eles passaram pelos Portões do Palácio e foram conduzidos até uma grande sala com tapetes verdes e lindos móveis decorados com esmeraldas. O soldado fez todos limparem os pés num capacho verde antes de entrarem nessa sala. Quando estavam todos sentados, ele disse educadamente:

— Por favor, fiquem à vontade enquanto eu vou até a porta da Sala do Trono e digo a Oz que vocês estão aqui.

Eles esperaram bastante até o soldado voltar. Quando ele finalmente voltou, Dorothy perguntou:

— Você viu Oz?

— Oh, não — respondeu o soldado. — Eu nunca o vi. Mas falei com ele através da tela que o esconde e lhe transmiti a mensagem. Ele disse que vai lhes conceder uma audiência se vocês quiserem. Mas cada um deve se apresentar sozinho e ele só vai receber um por dia. Portanto, como ficarão no Palácio por sete dias, vou lhes mostrar os quartos onde poderão descansar confortavelmente depois de sua jornada.

— Obrigada! — respondeu a garota. — É muita bondade de Oz.

O soldado assoprou um apito verde e, imediatamente, uma jovem garota, vestida num belo vestido de seda verde, entrou na sala. Seu lindo cabelo era verde, assim como seus olhos, e ela fez uma reverência respeitosa diante de Dorothy enquanto dizia:

— Siga-me e vou mostrar seu quarto.

Então Dorothy se despediu de todos os amigos e, pegando Totó nos braços, seguiu a garota verde por sete portas e três lances de escada até chegarem a um quarto na parte da frente do Palácio. Era o quartinho mais lindo do mundo, com uma cama confortável e macia coberta por lençóis de seda verde e um cobertor de veludo verde. Havia uma pequena fonte no meio do quarto, que lançava um jato de perfume verde no ar, que caía numa bacia de mármore verde lindamente entalhada. Lindas flores verdes enfeitavam a janela, e havia uma prateleira com uma fileira de livros verdes. Quando Dorothy abriu os livros, viu que estavam cheios de estranhas figuras verdes que a fizeram rir, pois eram engraçadas.

No guarda-roupa, havia muitos vestidos verdes, feitos de seda, cetim e veludo. E todos serviam perfeitamente em Dorothy.

— Sinta-se em casa — disse a garotinha verde. — E se você quiser qualquer coisa, toque o sino. Oz vai recebê-la amanhã de manhã.

Ela deixou Dorothy e voltou para os outros. Eles também foram levados aos seus quartos e alojados em lugares agradáveis no Palácio. Claro que tudo isso foi inútil para o Espantalho, pois passou a noite em pé, como um tolo, parado bem ao lado da porta, esperando até a manhã seguinte. Ele não descansaria deitado e nem podia fechar os olhos, então passou a noite inteira encarando uma pequenina aranha que tecia sua teia numa quina do quarto, como se esse quarto não fosse um dos mais maravilhosos em todo o mundo. O Homem de Lata deitou-se na cama por força do hábito, pois ele se lembrou de quando era feito de carne e osso. Mas, não conseguindo dormir, passou a noite toda movimentando as juntas para garantir que não ficassem emperradas. O Leão teria escolhido uma cama de folhas secas na floresta e não gostou de ter sido trancado num quarto. Mas ele tinha bom-senso e não deixou que isso o preocupasse, então se esparramou na cama e rolou como um gato e, ronronando, adormeceu em um minuto.

Na manhã seguinte, depois do café da manhã, a criada verde veio chamar Dorothy e a vestiu com um dos vestidos mais bonitos, feito de cetim brocado verde. Dorothy colocou um avental verde e amarrou uma fita verde no pescoço de Totó. E encaminharam-se à Sala do Trono do Grande Oz.

Chegaram a uma grande sala onde havia damas e cavalheiros da corte, todos com ricas vestimentas. Essas pessoas não tinham nada para fazer a não ser falar umas com as outras do lado de fora da Sala do Trono todas as manhãs, mesmo que nunca tivessem obtido permissão para ver Oz. Assim que Dorothy entrou, todos olharam para ela curiosos e um deles sussurrou:

— Você vai mesmo ver a face de Oz, o Terrível?

— Claro que vou — respondeu a garota. — Se ele quiser me ver.

— Oh, ele irá vê-la — disse o soldado que tinha levado a mensagem para o Mágico. — Embora ele não goste que pessoas peçam para vê-lo. Para falar a verdade, ele primeiro ficou bravo e disse que eu deveria mandá-la de volta para o lugar de onde veio. Então, me perguntou como você era e, quando mencionei seus sapatinhos prateados, ele ficou muito interessado. Finalmente, contei a ele a marca na sua testa e ele decidiu que concordaria em recebê-la.

Nesse momento, um sino tocou e a garota verde disse a Dorothy:

— Este é o sinal. Você deve entrar na Sala do Trono sozinha.

Ela abriu a pequena porta e Dorothy entrou corajosamente. Era um lugar lindo: uma sala enorme e redonda, com um teto arqueado, chão e paredes cobertos por grandes esmeraldas. No centro do salão, havia uma grande luz, tão brilhante quanto o Sol, que fazia com que as esmeraldas brilhassem maravilhosamente.

Mas o que mais chamou a atenção de Dorothy foi o grande trono de mármore verde que ficava no meio do salão. Tinha a forma de uma cadeira e estava adornado com gemas preciosas, como todo o resto. No centro do trono, havia uma cabeça enorme, sem um corpo para sustentá-la, nem braços, nem pernas, nem nada. Não havia cabelos sobre ela, mas havia olhos e um nariz e uma boca. Era maior do que a maior cabeça do maior gigante.

Enquanto Dorothy observava isso amedrontada e maravilhada, os olhos se viraram vagarosamente e a encararam profunda e persistentemente. Então, a boca se mexeu e Dorothy ouviu uma voz dizer:

— Eu sou Oz, o Grande e Terrível. Quem é você e por que me procura?

Não era a voz horrível que ela esperava ouvir da grande Cabeça. Então, ela tomou coragem e respondeu:

— Eu sou Dorothy, a Pequena e Dócil. Venho pedir a sua ajuda.

Os olhos a fitaram pensativos por um minuto inteiro. Então, a voz disse:

— Onde conseguiu os sapatos prateados?

— Eu os peguei da Bruxa Má do Leste, quando minha casa caiu sobre ela e a matou — respondeu ela.

— Onde conseguiu a marca na sua testa? — continuou a voz.

— Foi aqui que a Bruxa Boa do Norte me beijou quando se despediu de mim e me mandou até você — disse a garota.

Novamente, os olhos a encararam profundamente e viram que ela estava dizendo a verdade. Então, Oz perguntou:

— O que você deseja que eu faça?

— Que me envie de volta para o Kansas, onde minha tia Em e meu tio Henry estão — respondeu ela, honestamente. — Eu não gosto daqui, mesmo sendo tão lindo. E tenho certeza de que a tia Em está muito preocupada com minha ausência tão prolongada.

Os olhos piscaram três vezes e então olharam para cima, para o teto, e para baixo, para o chão. Então rolaram de forma tão estranha que pareciam ver cada pedaço da sala. Finalmente, pousaram sobre Dorothy.

— Por que eu deveria fazer isso por você? — perguntou Oz.

— Porque você é forte e eu sou fraca. Porque você é o Grande Oz e eu sou apenas uma garotinha.

— Mas você foi forte o suficiente para matar a Bruxa Má do Leste — disse Oz.

— Foi um acidente — retrucou Dorothy. — Eu não tive nada a ver com aquilo.

— Bem — disse a Cabeça. — Eu lhe darei minha resposta. Você não tem direito nenhum de esperar que eu a mande para o Kansas a não ser que faça algo para mim. Nesse país, todos têm que pagar pelo que recebem. Se você deseja que eu use o meu poder mágico para lhe mandar para casa, você deve fazer algo por mim antes. Ajude-me e eu a ajudarei.

— O que eu preciso fazer? — perguntou a garota.

— Matar a Bruxa Má do Oeste — respondeu Oz.

— Mas eu não posso! — exclamou Dorothy, extremamente surpresa.

— Você matou a Bruxa do Leste e usa os sapatos prateados, que carregam um poderoso feitiço. Agora resta apenas uma Bruxa Má nesta terra e, quando você me disser que ela está morta, eu a mandarei para o Kansas. Mas não antes disso.

A garotinha começou a chorar, pois estava muito desapontada. Os olhos piscaram novamente e olharam para ela ansiosamente, como se o Grande Oz sentisse que ela o ajudaria se pudesse.

— Eu nunca matei nada de propósito — soluçou ela. — Mesmo se quisesse, como poderia matar a Bruxa Má? Se você, que é Grande e Terrível, não pode matá-la, como acha que eu poderia?

— Eu não sei — disse a Cabeça. — Mas esta é a minha proposta: até que a Bruxa Má morra, você não verá seu tio e sua tia novamente. Lembre-se de que a Bruxa é má, tremendamente má, e deve ser morta. Agora vá, e não peça para me ver de novo até ter cumprido sua tarefa.

Abatida, Dorothy deixou a Sala do Trono e foi até onde o Leão, o Espantalho e o Homem de Lata estavam esperando para ouvir o que Oz tinha dito a ela.

— Não há nenhuma esperança para mim — disse ela, tristemente. — Pois Oz só me mandará para casa quando eu matar a Bruxa Má do Oeste, e eu nunca poderei fazer uma coisa dessas.

Os amigos dela se compadeceram, mas não podiam fazer nada para ajudá-la. Então, Dorothy foi para o quarto, deitou-se na cama e chorou até dormir.

Na manhã seguinte, o soldado com bigodes verdes foi até o Espantalho e disse:

— Venha comigo, pois Oz mandou chamá-lo.

Então, o Espantalho o seguiu e foi recebido na grande Sala do Trono, onde viu, sentada no trono de esmeraldas, a mais linda Dama. Ela estava vestida com um tecido transparente verde e, sobre os cachos esvoaçantes verdes, usava uma coroa de joias. De seus ombros brotavam asas de lindas cores e eram tão leves que flutuavam ao menor sopro de ar que as tocava.

Quando o Espantalho fez uma reverência, tão graciosamente quanto seu enchimento de palha lhe permitia diante da bela criatura, ela o encarou docemente e disse:

— Eu sou Oz, o Grande e Terrível. Quem é você e por que me procura?

Então o Espantalho, que esperava ver a grande Cabeça sobre a qual Dorothy falara, ficou muito espantado. Mas respondeu corajosamente:

— Eu sou apenas um Espantalho, cheio de palha. Por isso, não tenho cérebro e venho implorar que você coloque um cérebro dentro da minha cabeça, no lugar da palha, para que eu possa me tornar um homem como qualquer outro em seus domínios.

— Por que eu faria isso por você? — perguntou a Dama.

— Porque você é sábia e poderosa e ninguém mais pode me ajudar — respondeu o Espantalho.

— Eu nunca concedo favores sem nada em troca — disse Oz. — Mas posso prometer uma coisa: se você matar a Bruxa Má do Oeste para mim, eu vou lhe agraciar com um grande cérebro, tão bom que você será o homem mais sábio da Terra de Oz.

— Pensei que você tinha pedido a Dorothy para matar a Bruxa — disse o Espantalho, surpreso.

— Sim, eu pedi, mas não me importa quem a matará. Mas, até que ela esteja morta, não darei o que você pede. Agora vá, e não me procure novamente até que tenha ganhado o direito ao cérebro que tanto deseja.

O Espantalho voltou desolado para seus amigos e contou-os o que Oz tinha dito. Dorothy ficou surpresa porque o Grande Oz não era uma cabeça, como ela tinha visto, mas uma bela Dama.

— Mesmo assim — disse o Espantalho. — Ela precisa de um coração tanto quanto o Homem de Lata.

Na manhã seguinte, o soldado de bigodes verdes veio para o Homem de Lata e disse:

— Oz mandou chamá-lo. Siga-me.

Então, o Homem de Lata seguiu-o e entrou na grande Sala do Trono. Ele não sabia se veria Oz como uma bela Dama ou uma Cabeça, mas esperava que fosse uma Dama. "Pois", disse a si mesmo, "se for uma cabeça, tenho certeza de que não ganharei um coração, pois uma cabeça não tem coração e então não pode sentir o que eu sinto. Mas, se for uma bela Dama, vou implorar por um coração, pois se diz que todas as damas têm um coração bondoso".

Mas, quando o Homem de Lata entrou na grande Sala do Trono, ele não viu a Cabeça nem a Dama, pois Oz tinha adquirido a forma da mais terrível Fera. Não era tão grande quanto um elefante, e o trono verde parecia forte o suficiente para aguentar seu peso. A Fera tinha a cabeça de um rinoceronte, mas havia cinco olhos em seu rosto. Cinco longos braços brotavam de seu corpo, assim como cinco pernas, longas e finas. Pelo grosso como lã cobria todo seu corpo e ninguém conseguiria imaginar um monstro mais aterrorizante. Foi sorte o Homem de Lata não ter coração naquele momento, pois estaria batendo alto e rápido. Sendo apenas lata, o Homem não tinha nem um pingo de medo, embora estivesse muito desapontado.

— Eu sou Oz, o Grande e Terrível — falou a Fera, numa voz que era um potente rugido. — Quem é você e por que me procura?

— Sou o Homem de Lata. Sendo o que sou, não tenho coração e não posso amar. Imploro que me dê um coração para que eu seja como os outros homens.

— Por que eu faria isso? — perguntou a Fera.

— Porque eu pedi e apenas você pode atender o meu pedido — respondeu o Homem de Lata.

Oz deu um rosnado baixo e respondeu, rispidamente:

— Se deseja mesmo um coração, você precisa merecê-lo.

— Como? — perguntou o Homem de Lata.

— Ajude Dorothy a matar a Bruxa Má do Oeste — respondeu a Fera. — Quando a Bruxa estiver morta, venha para mim e eu lhe darei o maior e mais bondoso e amoroso coração da Terra de Oz.

Então o Homem de Lata foi forçado a voltar desolado para seus amigos e contar sobre a terrível Fera que tinha visto. Todos se perguntaram quantas formas o Grande Oz podia assumir, e o Leão disse:

— Se ele for uma Fera quando eu for vê-lo, vou soltar meu rugido mais alto e assustá-lo, e ele me dará o que peço. Se ele for uma bela Dama, vou fingir que a atacarei, assim ela será forçada a fazer o que eu peço. Se ele for a grande Cabeça, dependerá da minha misericórdia, pois vou rolar a cabeça pela sala até que ele me prometa que nos dará o que pedimos. Então, animem-se, amigos! As coisas ainda ficarão bem.

Na manhã seguinte, o soldado com bigodes verdes conduziu o Leão até a grande Sala do Trono e mandou que entrasse na presença de Oz.

O Leão passou pela porta imediatamente e, olhando ao redor, viu, para sua surpresa, que diante dele, no trono, havia uma Bola de Fogo, tão violenta e brilhante que ele mal podia suportar olhar para ela. No início, pensou que Oz tivesse pegado fogo acidentalmente e estava queimando. Mas, quando tentou chegar perto, o calor era tão intenso que chamuscou seus bigodes. Ele se arrastou, trêmulo, até um canto perto da porta.

Então, uma voz baixa e calma saiu da Bola de Fogo, e essas foram as palavras que ela disse:

— Eu sou Oz, o Grande e Terrível. Quem é você e por que me procura?

E o Leão respondeu:

— Eu sou o Leão Covarde, tenho medo de tudo. Eu venho para pedir que me dê coragem, para que eu possa me tornar o Rei das Feras, como os homens me chamam.

— Por que eu lhe daria coragem? — perguntou Oz.

— Porque de todos os Mágicos você é o maior, e só você tem poder para me dar o que desejo — respondeu o Leão.

A Bola de Fogo queimou violentamente por um tempo e depois a voz disse:

— Traga para mim uma prova de que a Bruxa Má está morta, e eu lhe darei coragem no mesmo instante. Mas, enquanto a Bruxa viver, você permanecerá um covarde.

O Leão ficou bravo ao ouvir isso, mas não conseguia responder nada. Enquanto ficou ali, encarando silenciosamente a Bola de Fogo, ela começou a queimar tão furiosamente que ele deu meia-volta e correu para fora da sala. Ficou feliz de ver seus amigos esperando por ele, e lhes contou a terrível conversa com o Bruxo.

— O que faremos agora? — perguntou Dorothy, triste.

— Só há uma coisa que podemos fazer — respondeu o Leão. — Ir para a terra dos Winkies, encontrar a Bruxa Má e destruí-la.

— Mas, e se não conseguirmos? — perguntou a garota.

— Então, nunca terei coragem — declarou o Leão.

— E eu nunca terei um cérebro — acrescentou o Espantalho.

— E eu nunca terei um coração — falou o Homem de Lata.

— E eu nunca mais verei tia Em e Tio Henry — disse Dorothy, começando a chorar.

— Tenha cuidado! — gritou a garota verde. — As lágrimas vão cair no seu vestido de seda verde e vão manchá-lo.

Então, Dorothy enxugou as lágrimas e disse:

— Acho que devemos tentar. Mas tenho certeza de que não quero matar ninguém, mesmo que seja para ver a tia Em de novo.

— Eu vou com você, mas sou covarde demais para matar a Bruxa — disse o Leão.

— Eu vou também — declarou o Espantalho. — Mas não serei de grande ajuda, pois sou um tolo.

— Eu não tenho coração para machucar ninguém, até mesmo uma Bruxa — comentou o Homem de Lata. — Mas, se você for, eu certamente irei com você.

Portanto, decidiram começar a jornada na manhã seguinte. O Homem de Lata afiou seu machado numa pedra de amolar verde e lubrificou muito bem todas as suas juntas. O Espantalho recheou-se com palha fresca e Dorothy repintou os olhos dele, para que pudesse ver melhor. A garota verde, que era muito bondosa com eles, encheu a cesta de Dorothy com coisas gostosas e colocou uma faixa verde com um sininho no pescoço de Totó.

Eles foram para a cama cedo e dormiram profundamente até o sol raiar, quando foram acordados pelo canto de um galo verde que vivia no quintal do Palácio e pelo cacarejar de uma galinha que tinha acabado de botar um ovo verde.

12. A Busca pela Bruxa Má

O soldado de bigodes verdes os conduziu pelas ruas da Cidade das Esmeraldas até onde o Guardião dos Portões vivia. O oficial destrancou os óculos que todos usavam e recolocou-os na grande caixa. Então, educadamente, abriu o portão para os nossos amigos.

— Que estrada leva à Bruxa Má do Oeste? — perguntou Dorothy.

— Nenhuma estrada — respondeu o Guardião dos Portões. — Ninguém deseja pegar esse caminho.

— Então, como iremos encontrá-la? — perguntou a garota.

— Isso será fácil — respondeu o homem. — Pois quando souber que vocês estão no país dos Winkies, ela encontrará vocês e os transformará em escravos.

— Talvez não — disse o Espantalho. — Pois queremos destruí-la.

— Oh, assim é diferente — disse o Guardião dos Portões. — Ninguém a destruiu antes, então eu naturalmente pensei que ela os transformaria em escravos, como fez com todos os outros. Mas, tomem cuidado: pois ela é má e violenta e pode não deixar que a destruam. Tomem o rumo para o oeste, onde o sol se põe, e vocês certamente a encontrarão.

Eles agradeceram e se despediram, tomando o rumo para o oeste, andando sobre campos de grama macia onde despontavam aqui e ali margaridas e botões-de-ouro[1]. Dorothy ainda usava o belo vestido de seda que tinha colocado no palácio, mas agora, para sua surpresa, reparou que ele não era mais verde, e sim totalmente branco. O laço no pescoço de Totó também tinha perdido sua cor verde e estava branco como o vestido de Dorothy.

A Cidade das Esmeraldas logo ficou para trás. Conforme avançavam, o caminho ficou mais difícil e cheio de subidas e descidas, pois não havia fazendas nem casas nesse país do oeste. E não havia tijolos no chão.

O sol da tarde brilhou quente no rosto deles, pois não havia árvores para oferecer sombra. Antes que a noite chegasse, Dorothy, Totó e o Leão estavam cansados e deitaram-se na grama e caíram no sono. O Homem de Lata e o Espantalho ficaram de guarda.

A Bruxa Má do Oeste tinha um olho só, mas era tão poderoso quanto um telescópio e ela podia ver tudo. Sentada na porta de seu castelo, ela olhou em volta e viu Dorothy dormindo, com os amigos ao redor. Eles estavam bem distantes, mas a Bruxa Má ficou brava de vê-los em seu país. Então, assoprou um apito de prata que carregava no pescoço.

Imediatamente, uma matilha de grandes lobos veio correndo de todas as direções. Eles tinham pernas longas, olhos ferozes e dentes afiados.

— Corram até aquelas pessoas — disse a Bruxa. — E façam pedacinhos deles.

— Você não os transformará em escravos? — perguntou o líder dos lobos.

— Não — respondeu ela. — Um é de lata, o outro é de palha, uma é uma garota e outro, um leão. Nenhum deles é apto para o trabalho, então podem despedaçá-los. Em pedaços pequenos.

[1] *Botão-de-ouro* é uma flor do campo amarela, comum no hemisfério norte, mas que não existe no Brasil. (N.E.)

— Muito bem — disse o lobo, partindo a toda velocidade, seguido pelos outros.

Sorte que o Espantalho e o Homem de Lata estavam bem acordados e ouviram os lobos chegando.

— Esta luta é minha — disse o Homem de Lata. — Fique atrás de mim, Espantalho, e eu os enfrentarei.

Ele pegou o machado, que tinha afiado muito bem, e assim que o líder da matilha chegou perto, o Homem de Lata girou o machado e cortou a cabeça do lobo, que morreu imediatamente. Assim que ele levantou novamente o machado, outro lobo chegou correndo e também caiu sob o golpe da afiada arma do Homem de Lata. Havia 40 lobos e foram 40 mortes. No final de tudo, todos jaziam numa pilha diante do Homem de Lata.

Então, ele baixou o machado e sentou-se ao lado do Espantalho, que disse:

— Foi uma boa luta, amigo.

Eles esperaram Dorothy acordar na manhã seguinte. A garotinha ficou amedrontada quando viu a pilha de lobos mortos, mas o Homem de Lata lhe contou tudo. Ela o agradeceu por tê-los salvado e sentou-se para tomar o café da manhã. Depois de comer, retomaram a jornada.

Nesse mesma manhã, a Bruxa Má foi até a porta de seu castelo e olhou com seu único olho que podia enxergar longe. Ela viu todos os seus lobos caídos, mortos, e os estranhos ainda andando pelo seu país. Isso a deixou ainda mais brava do que antes e ela soprou seu apito prateado duas vezes.

Rapidamente, uma grande revoada de corvos selvagens voou até ela. E eram tantos que escureceram o céu.

E a Bruxa Má disse ao Rei dos Corvos:

— Voem imediatamente até esses estranhos, arranquem os olhos deles e destrocem-nos.

Os corvos selvagens voaram juntos na direção de Dorothy e seus companheiros. Quando a garotinha viu as aves no céu, ficou com medo.

Mas o Espantalho disse:

— Essa batalha é minha. Deitem-se no chão ao meu lado e não sofrerão nada.

Então, eles se deitaram no chão. Todos, menos o Espantalho, que ficou em pé e abriu os braços. Quando os corvos o viram, tiveram medo, pois esses pássaros sempre têm medo de espantalhos, e não se atreveram a chegar perto. Mas o Rei dos Corvos disse:

— É apenas um espantalho. Vou arrancar seus olhos.

O Rei dos Corvos voou até o Espantalho, que o pegou pela cabeça e torceu seu pescoço até matá-lo. E depois outro corvo voou até ele e o Espantalho também torceu seu pescoço. Havia 40 corvos e 40 vezes o Espantalho torceu um pescoço, até que todos estavam mortos ao redor dele. Então, ele pediu que seus companheiros se levantassem. Novamente, retomaram a jornada.

Quando a Bruxa Má olhou e viu que seus corvos estavam mortos e empilhados, ela ficou terrivelmente furiosa e tocou o apito três vezes.

Sem demora, ouviu-se um grande zumbido pelo ar e um enxame de abelhas pretas veio voando na direção dela.

— Voem até aqueles estranhos e piquem todos até a morte! — ordenou a Bruxa.

As abelhas se viraram e voaram rapidamente até o lugar onde Dorothy e seus amigos estavam caminhando. Mas o Homem de Lata já tinha visto o enxame chegando e o Espantalho já tinha decidido o que fazer.

— Pegue minha palha e cubra a garotinha, o cachorro e o Leão — disse ele ao Homem de Lata. — E as abelhas não poderão picá-los.

E foi isso que o Homem de Lata fez: Dorothy deitou-se bem pertinho do Leão, com Totó nos braços, e a palha os cobriu totalmente.

As abelhas chegaram e não encontraram ninguém a não ser o Homem de Lata para picar. Então, voaram até ele e quebraram seus ferrões na lata, sem feri-lo. Como as abelhas não conseguem viver depois que quebram seus ferrões, isso foi o fim das abelhas pretas, que caíram todas ao redor do Homem de Lata, formando pilhas que mais pareciam montinhos de pó de carvão.

Dorothy e o Leão se levantaram, e a garota ajudou o Homem de Lata a encher novamente o Espantalho, até ele ficar tão bom quanto antes. E retomaram a jornada mais uma vez.

A Bruxa Má ficou tão brava de ver suas abelhas pretas transformadas em montinhos, como se fossem carvão em pó, que bateu o pé, arrancou os cabelos e rangeu os dentes. Em seguida, chamou uma dúzia de escravos, que eram os Winkies, e lhes deu lanças afiadas, dizendo que deveriam ir até os estranhos e destruí-los.

Os Winkies não eram um povo muito corajoso, mas eles tinham que obedecer às ordens. Então, marcharam até chegarem perto de Dorothy. O Leão deu um rugido muito poderoso e pulou para cima deles, e os pobres Winkies ficaram tão amedrontados que voltaram correndo o mais rápido que conseguiram.

Quando retornaram ao castelo, a Bruxa Má bateu em todos com um chicote e mandou que voltassem ao trabalho. Depois, sentou-se e começou a pensar no que poderia fazer. Ela não conseguia entender como seus planos de destruir aqueles estranhos tinham falhado. Mas ela era uma Bruxa poderosa, e malvada, e logo já sabia como agir.

Havia em seu armário um Chapéu Dourado, com uma faixa de diamantes e rubis em toda a volta. Esse Chapéu Dourado tinha um feitiço. Quem o usasse poderia chamar três vezes os Macacos Alados, que obedeceriam a qualquer ordem que lhes fosse dada. Mas nenhuma pessoa poderia comandar essas estranhas criaturas mais do que três vezes. A Bruxa Má já tinha usado o feitiço do Chapéu duas vezes: a primeira quando fez dos Winkies seus escravos e começou a governar o país deles. Os Macacos Alados a ajudaram a conquistar isso. A segunda vez foi quando ela lutou contra o próprio Grande Oz e expulsou-o da Terra do Oeste. Os Macacos Alados também a ajudaram a conseguir isso. Ela só poderia usar o Chapéu Dourado mais uma única vez, e por essa razão não gostaria de fazer isso até que todos os seus outros poderes tivessem se esgotado. Agora que seus lobos ferozes, seus corvos selvagens e suas abelhas venenosas estavam liquidados e seus escravos tinham fugido aterrorizados do Leão Covarde, ela percebeu que só haveria um jeito de destruir Dorothy e seus amigos.

Então, a Bruxa Má pegou o Chapéu Dourado de seu armário e colocou-o sobre a cabeça. Apoiou-se sobre o pé esquerdo e falou vagarosamente:

— E-pe, pe-pe, ka-ke!

Depois, ficou sobre o pé direito e disse:

— I-lo, E-lo, O-la!

Depois disso, apoiou-se em ambos os pés e gritou bem alto:

— Zi-zy, zu-zy, zi-qui!

Agora, o feitiço começou a funcionar. O céu escureceu e um ruído baixo foi ouvido no ar. Era o farfalhar de muitas asas, muitas conversas e risos. E o sol reapareceu no céu escuro para iluminar a Bruxa Má, cercada por uma multidão de macacos, cada um com um par de asas imensas e fortes.

Um deles, muito maior do que os outros, parecia ser o líder. Ele voou perto da Bruxa e disse:

— Você nos chamou pela terceira e última vez. Qual é a sua ordem?

— Vá até os estranhos que estão na minha terra e destrua todos, menos o Leão — disse a Bruxa Má. — Traga aquele animal para mim, pois vou colocar um arreio nele e fazê-lo trabalhar como um cavalo.

— Suas ordens serão obedecidas — disse o líder.

Então, com muito barulho e conversa, os Macacos Alados voaram até onde Dorothy e seus amigos estavam andando.

Alguns Macacos agarraram o Homem de Lata e o carregaram no ar até que chegassem a um pedaço de campo cheio de pedras afiadas. Então, jogaram o pobre coitado, que caiu de muito alto lá nas pedras, e ficou tão amassado e furado que não conseguia se mexer nem gemer.

Outros Macacos pegaram o Espantalho e, com seus longos dedos puxaram toda a palha que enchia suas roupas e cabeça. Depois, pegaram o chapéu, as botas e as roupas dele, juntaram tudo e jogaram nos galhos mais altos de uma grande árvore.

O resto dos Macacos açoitou o Leão com pequenos pedaços de corda grossa e forte, que abriram feridas em seu corpo, cabeça e pernas, até que ele não conseguiu mais morder, arranhar ou lutar. Então, o levantaram e voaram com ele até o castelo da Bruxa, onde foi colocado num pequeno quintal cercado por uma cerca de ferro para que ele não pudesse escapar.

Quanto a Dorothy, eles não a machucaram. Ela ficou parada, com Totó nos braços, observando o triste destino de seus amigos e pensando que logo chegaria a sua vez. O líder dos Macacos Alados voou até ela, com os braços longos e peludos esticados e seu rosto horrível sorrindo diabolicamente. Mas ele viu a marca do beijo da Bruxa Boa na testa dela e parou imediatamente, gesticulando para que os outros não a tocassem.

— Não ousamos machucar essa garotinha — disse ele aos outros. — Pois ela está protegida pelo Poder do Bem, que é maior do que o Poder do Mal. Tudo que podemos fazer é levá-la até o castelo da Bruxa Má e deixá-la ali.

Então, suavemente e com cuidado, eles ergueram Dorothy nos braços e a carregaram rapidamente pelos ares até o castelo, onde a colocaram sobre os degraus da frente. Então, o líder disse à Bruxa:

— Nós lhe obedecemos até onde pudemos. O Homem de Lata e o Espantalho estão destruídos, e o Leão está amarrado em seu quintal. Não ousamos machucar a garotinha, nem o cachorro que ela carrega nos braços. Seu poder sobre nosso bando acaba aqui e você nunca mais nos verá de novo.

Então, todos os Macacos Alados, com muitas risadas e conversas e barulho, voaram pelos ares e logo desapareceram de vista.

A Bruxa Má ficou surpresa e preocupada quando viu a marca na testa de Dorothy, pois sabia muito bem que nem os Macacos Alados nem ela mesma poderia tocar na garota ou fazer mal a ela. Olhou para os pés de Dorothy e, vendo os Sapatos Prateados, começou a tremer de medo, pois sabia que havia um feitiço poderoso ligado a eles. De primeira, a Bruxa ficou tentada a sair correndo e fugir de Dorothy. Mas ela olhou dentro dos olhos da criança e viu como era simples a alma por trás deles, e que aquela garotinha não sabia do incrível poder que aqueles Sapatos Prateados davam a ela. Então, a Bruxa Má riu consigo mesma e pensou: "Eu ainda posso fazer dela minha escrava, pois ela não sabe como usar seu poder". Então, disse a Dorothy, de forma rude e severa:

— Venha comigo e preste muita atenção em tudo que digo, pois se não prestar eu lhe dou um fim, assim como acabei com o Homem de Lata e o Espantalho.

Dorothy a seguiu por muitos quartos lindos no castelo até chegarem à cozinha, onde a Bruxa a ordenou que limpasse as panelas e as chaleiras, e varresse o chão e não deixasse faltar lenha na fogueira.

Dorothy começou imediatamente, resolvida a trabalhar o mais duro possível, pois estava contente que a Bruxa Má tinha decidido não matá-la.

Com Dorothy concentrada no trabalho, a Bruxa pensou que poderia ir até o quintal e colocar uma sela no Leão, para usá-lo como um cavalo. Seria divertido, pensou ela, fazê-lo puxar sua carruagem quando quisesse dar uma volta. Mas quando ela abriu o portão, o Leão soltou um rugido alto avançou nela tão ferozmente que a Bruxa teve medo e correu e fechou o portão.

— Se eu não puder selar você — disse a Bruxa ao Leão, pelas barras da grade —, posso matá-lo de fome. Você não comerá nada até que me obedeça.

Depois disso, ela não levou mais comida ao Leão aprisionado. Todos os dias, ao meio-dia, ela vinha até o portão e perguntava:

— Você está pronto para ser selado como um cavalo?

E o Leão respondia:

— Não. Se você entrar aqui, vou mordê-la.

A razão pela qual o Leão não fazia o que a Bruxa queria era que, todas as noites, enquanto a mulher estava dormindo, Dorothy lhe dava comida que tirava do armário da cozinha. Depois de ter comido, ele deitava em sua cama de palha e Dorothy se deitava ao lado dele, e colocava a cabeça sobre sua juba descabelada e macia, enquanto falavam de seus problemas e tentavam bolar um plano para escapar. Mas não conseguiam encontrar uma saída do castelo, que estava sempre sendo guardado pelos amarelos Winkies, que eram escravos da Bruxa Má e medrosos demais para desobedecer a ela.

A garota tinha que trabalhar pesado durante o dia e, frequentemente, a Bruxa ameaçava bater nela com o guarda-chuva velho que sempre carregava na mão. Na verdade, ela não ousaria encostar em Dorothy por causa da marca na testa dela. A criança não sabia disso e morria de medo, por si e por Totó. Uma vez, a Bruxa deu um golpe de guarda-chuva em Totó, e o corajoso cachorrinho correu até ela e mordeu sua perna. A Bruxa não sangrou onde foi mordida, pois ela era tão má que seu sangue tinha secado há muitos anos.

A vida de Dorothy se tornou muito triste conforme ela foi percebendo que agora seria muito mais difícil voltar para o Kansas e ver a Tia Em novamente. Às vezes, chorava amargamente por horas, com Totó aos seus pés olhando para seu rosto, ganindo tristemente para mostrar à sua pequena dona como sentia muito. Totó não se importava se estava no Kansas ou na Terra de Oz: o importante era estar junto de Dorothy. Mas ele sabia que a garotinha estava infeliz e isso o fazia infeliz também.

A Bruxa Má desejava muito pegar os Sapatos Prateados que a garotinha sempre usava. Suas abelhas, seus corvos e seus lobos estavam mortos e empilhados, secando, e ela já tinha usado todo o poder do Chapéu Dourado. Se ela pudesse pegar os Sapatos Prateados, teria mais poder do que com todas as coisas que tinha perdido juntas. Ela observava Dorothy atentamente, esperando que tirasse os sapatos para que ela os roubasse. Mas a garota tinha tanto orgulho de seus lindos sapatos que nunca os tirava, a não ser à noite e quando tomava banho. A Bruxa tinha medo demais do escuro para ir ao quarto de Dorothy à noite e pegar os sapatos, e seu pavor de água era ainda maior do que seu medo do escuro, então nunca chegava perto de Dorothy quando ela estava tomando banho. De fato, a velha Bruxa nunca tocou na água e nunca deixava a água tocá-la de forma alguma.

Mas a criatura malvada era muito esperta e, finalmente, conseguiu pensar num truque para pegar o que queria: colocou uma barra de ferro no meio do chão da cozinha e, através de suas artes mágicas, tornou o ferro invisível aos olhos humanos. Então, quando Dorothy andou pela cozinha, tropeçou na barra, pois não a vira, e caiu com tudo. Ela não se machucou muito, mas, na queda, um dos Sapatos Prateados saiu de seu pé. Antes que ela conseguisse alcançá-lo, a Bruxa o agarrou e colocou-o em seu pé magricelo.

A mulher malvada ficou muito satisfeita com o sucesso de seu truque, pois, com um dos pés, tinha metade do poder do feitiço dos sapatos e Dorothy não poderia usá-lo contra ela, mesmo que soubesse disso.

A garotinha, vendo que tinha perdido um de seus belos sapatos, ficou brava e disse à Bruxa:

— Devolva o meu sapato!

— Não devolvo! — rebateu a Bruxa. — Agora é o meu sapato, não é mais seu!

— Você é uma criatura terrível! — gritou Dorothy. — Você não tem direito de pegar o meu sapato!

— Mas vou ficar com ele mesmo assim — disse a Bruxa, rindo dela. — E um dia desses, vou pegar o outro também.

Isso deixou Dorothy tão brava que ela pegou o balde de água que estava por perto e jogou-o na Bruxa, encharcando-a dos pés à cabeça.

Instantaneamente, a mulher malvada deu um berro de pavor. Dorothy observou perplexa que a Bruxa tinha começado a encolher e se desmanchar.

— Olhe o que você fez! — gritou ela. — Em um minuto, estarei derretida!

— Oh, sinto muito! — disse Dorothy, que ficou apavorada ao ver a Bruxa derretendo como sorvete diante de seus próprios olhos.

— Você não sabia que a água acaba comigo? — perguntou a Bruxa, numa voz chorada e desesperada.

— Claro que não! — respondeu Dorothy. — Como eu poderia saber?

— Bem, em alguns minutos, estarei completamente derretida e o castelo será seu. Eu fui a mais malvada de todas, mas nunca pensei que uma garotinha seria capaz de me derreter e acabar com meus atos de maldade. Atenção! Aqui vou eu!

Com essas palavras, a Bruxa virou uma massa derretida disforme e marrom e começou a se espalhar pelo chão limpo da cozinha. Vendo que ela estava realmente derretendo e se desmanchando, Dorothy pegou outro balde e jogou água para limpar toda aquela sujeita, varrendo o chão em seguida. Depois de pegar o Sapato Prateado, que era tudo que tinha sobrado da velha mulher, ela limpou e secou o calçado com um pano e colocou-o novamente no pé. Livre novamente para fazer o que quisesse, ela correu até o quintal para contar ao Leão que a Bruxa Má do Oeste tinha chegado ao fim e que eles não eram mais prisioneiros naquela terra estranha.

13. O Resgate

O Leão Covarde ficou muito contente ao ouvir que a Bruxa Má tinha derretido por causa de um balde de água, e Dorothy destrancou imediatamente o portão da prisão do amigo e o libertou. Eles entraram juntos no castelo, onde o primeiro ato de Dorothy foi reunir todos os Winkies e anunciar que eles não eram mais escravos de ninguém.

Os amarelos Winkies comemoraram muito, pois estavam trabalhando há anos para a Bruxa Má, que sempre os ameaçou com muita crueldade. Eles declararam que este dia seria feriado, dali em diante e para sempre, e passaram o dia festejando e dançando.

— Se nossos amigos o Espantalho e o Homem de Lata estivessem conosco, estariam muito feliz — disse o Leão.

— Você acha que podemos resgatá-los? — perguntou a garotinha, ansiosamente.

— Podemos tentar — respondeu o Leão.

Então, chamaram os amarelos Winkies e perguntaram se eles podiam ajudá-los a resgatar seus amigos. Os Winkies disseram que ficariam felizes

em fazer tudo que podiam por Dorothy, que os tinha libertado da escravidão. Ela escolheu os Winkies que pareciam mais experientes e espertos e tomaram o caminho. Eles viajaram naquele dia e em parte do dia seguinte, até que chegaram na planície rochosa onde jazia o Homem de Lata, todo amassado e furado. O machado dele estava ao seu lado, mas a lâmina tinha enferrujado e o cabo estava quebrado.

Os Winkies o levantaram carinhosamente em seus braços e o carregaram até o Castelo Amarelo. Dorothy derramou algumas lágrimas pelo caminho, triste pelo estado lamentável de seu velho amigo, e o Leão manteve-se sóbrio e pesaroso. Quando chegaram ao castelo, Dorothy disse aos Winkies:

— Tem algum funileiro entre vocês?

— Oh, sim. Alguns aqui são funileiros muito bons — responderam eles.

— Então, traga-os aqui — disse ela.

Quando os funileiros chegaram, trazendo suas ferramentas de trabalho, ela perguntou:

— Vocês podem consertar esses amassados no Homem de Lata, desentortá-lo e soldá-lo onde ele se partiu?

Os funileiros olharam para o Homem de Lata cuidadosamente e depois responderam que podiam consertá-lo para que ele ficasse bom como novo. Então, começaram a trabalhar nas grandes salas amarelas do castelo, soldando e polindo e martelando as pernas, o corpo e a cabeça do Homem de Lata, até ele ficar lisinho e de volta à velha forma, com todas as suas articulações trabalhando como novas. Para garantir, fizeram vários remendos nele, mas os funileiros fizeram um bom trabalho e o Homem de Lata não era um homem vaidoso, então não se importou com os remendos.

Quando, finalmente, chegou andando no quarto de Dorothy e agradeceu-a por tê-lo salvado, ele estava tão feliz que chorou lágrimas de alegria. A garotinha limpou carinhosamente cada lágrima que corria pela face do amigo com seu avental, para que suas juntas não enferrujassem. Ao mesmo tempo, ela chorava também, e lágrimas gordas caíam sem parar pela alegria de reencontrar o velho amigo, e essas lágrimas não precisavam ser enxugadas. Quanto ao Leão, ele limpou tantas lágrimas com a ponta do rabo que seus pelos ficaram encharcados e ele foi obrigado a sair no quintal e ficar no sol até que secasse.

— Se apenas o Espantalho estivesse conosco novamente — disse o Homem de Lata, quando Dorothy acabou de contar tudo que havia acontecido. — Eu ficaria muito feliz.

— Vamos tentar encontrá-lo — disse a garota.

Ela chamou novamente os Winkies para ajudá-la, e eles andaram o dia todo e parte do dia seguinte até chegarem a uma árvore enorme, cujos galhos seguravam as roupas do Espantalho, colocadas ali pelos Macacos Alados.

Era uma árvore muito alta e o tronco era muito liso, impedindo qualquer um de subir.

— Vou derrubá-la — disse o Homem de Lata, imediatamente. — Vou derrubá-la e pegaremos as roupas do Espantalho.

Quando os funileiros consertaram o Homem de Lata, outro Winkie, que era um ourives, fez um cabo de ouro maciço e colocou-o no machado do Homem de Lata, substituindo o cabo quebrado. Outros poliram a lâmina até que toda a ferrugem tivesse sido removida e estivesse brilhando como prata polida.

O Homem de Lata começou a cortar e, em pouco tempo, a árvore caiu com um enorme "crash", e as roupas do Espantalho caíram dos galhos e se espalharam pelo chão.

Dorothy pegou as roupas e fez com que os Winkies as carregassem até o castelo, onde seriam recheadas com palha nova e limpa. E, vejam! Aqui estava o Espantalho, tão bom quanto antes, agradecendo a todos, de novo e de novo, por ter sido salvo.

Agora que estavam todos reunidos, Dorothy e seus amigos passaram alguns dias felizes no Castelo Amarelo, onde encontraram tudo que precisavam para ficarem confortáveis.

Mas um dia, a garotinha pensou na Tia Em. E disse:

— Precisamos voltar a Oz e cobrar a promessa.

— Sim — disse o Homem de Lata. — Eu finalmente terei meu coração.

— E eu terei meu cérebro — acrescentou o Espantalho, alegremente.

— E eu terei minha coragem — disse o Leão, pensativo.

— E eu voltarei para o Kansas! — gritou Dorothy, batendo palmas. — Oh, vamos partir para a Cidade das Esmeraldas amanhã!

E foi o que decidiram. No dia seguinte, chamaram os Winkies e se despediram. Os Winkies ficaram tristes quando viram que eles precisaram ir embora. Eles tinham gostado tanto do Homem de Lata que imploraram que ele ficasse e governasse seu povo e a Terra Amarela do Oeste. Vendo que o grupo estava determinado a partir, os Winkies deram a Totó e ao Leão um colar de ouro e, a Dorothy, presentearam-na com um lindo bracelete decorado com diamantes. Ao Espantalho, deram uma bengala com apoio de mão de ouro, para que ele não tropeçasse mais. Ao Homem de Lata, ofereceram uma lata de óleo feita de prata, banhada a ouro e decorada com pedras preciosas.

Cada um dos viajantes fez um belo discurso de agradecimento aos Winkies, e todos se apertaram as mãos até que seus braços doessem.

Dorothy foi até o armário da Bruxa encher sua cesta com comida para a viagem. Foi aí que viu o Chapéu Dourado. Ela o colocou sobre a cabeça e descobriu que lhe servia perfeitamente. Ela não sabia nada sobre o feitiço do Chapéu Dourado, mas viu que era um chapéu bonito, então decidiu usá-lo e colocar seu próprio chapeuzinho na cesta.

Preparados para a jornada, todos tomaram o rumo da Cidade das Esmeraldas. Os Winkies lhes deram três vivas e muitos desejos de felicidade para levarem junto.

14. Os Macacos Alados

Como você deve se lembrar, não havia estrada, nem mesmo um caminho, entre o castelo da Bruxa Má e a Cidade das Esmeraldas. Quando os quatro viajantes partiram em busca da Bruxa, ela os tinha visto chegando, e mandou que os Macacos Alados os levassem até ela. Era muito mais difícil encontrar o caminho de volta através dos grandes campos de botões-de-ouro e margaridas amarelas. Eles sabiam, claro, que precisavam ir diretamente para o leste, na direção do sol nascente, e começaram na direção certa. Mas ao meio-dia, quando o sol estava a pino e bem em cima de suas cabeças, eles não sabiam mais onde era o leste e onde era o oeste. E foi assim que se perderam nos grandes campos. Entretanto, continuaram andando. À noite, a Lua apareceu, muito brilhante. Eles se deitaram entre as suaves e cheirosas flores amarelas e dormiram profundamente até a manhã seguinte. Todos, menos o Espantalho e o Homem de Lata.

Na manhã seguinte, o Sol estava atrás de uma nuvem, mas eles começaram a andar, como se tivessem certeza de onde estavam indo.

— Se andarmos bastante — disse Dorothy —, tenho certeza de que alguma hora chegaremos a algum lugar.

Mas dias e dias se passaram, e eles não viam nada diante deles a não ser os campos vermelhos. O Espantalho começou a resmungar um pouco.

— Nós certamente nos perdemos — disse ele. — A não ser que reencontremos o caminho, nunca chegaremos à Cidade das Esmeraldas e eu nunca terei meu cérebro.

— Nem eu conseguirei meu coração — declarou o Homem de Lata. — Parece que eu mal posso esperar para ver Oz e tenho que admitir que esta é uma longa jornada.

— Sabe — disse o Leão Covarde, com um gemidinho —, eu não tenho coragem de perambular para sempre, sem nunca chegar a lugar nenhum.

Foi aí que Dorothy se deixou abater. Ela se sentou na grama e olhou para seus companheiros, que se sentaram e olharam para ela. E Totó percebeu que, pela primeira vez na vida, estava cansado demais para caçar uma borboleta que voou sobre sua cabeça. Ele colocou a língua para fora e respirou ofegante, olhando para Dorothy como se perguntasse o que deveriam fazer a seguir.

— E se chamássemos os ratos do mato? — sugeriu ela. — Eles provavelmente nos mostrariam o caminho para a Cidade das Esmeraldas.

— Sim, eles poderiam nos mostrar! — falou alto o Espantalho. — Como não pensamos nisso antes?

Dorothy assoprou o apito que a Rainha dos Ratos tinha lhe dado e que sempre carregava no pescoço. Em alguns minutos, eles ouviram o barulho de patinhas e muitos ratinhos cinzentos vieram correndo até ela. Entre eles estava a própria Rainha, que perguntou, com um guincho baixinho:

— O que posso fazer pelos meus amigos?

— Nós nos perdemos — disse Dorothy. — Pode nos dizer onde é a Cidade das Esmeraldas?

— Certamente — respondeu a Rainha. — Mas é bem longe daqui, pois vocês estavam dando as costas para ela o tempo todo.

Então, notando o chapéu de Dorothy, perguntou:

— Por que você não usa o feitiço do Chapéu e chama os Macacos Alados? Eles carregarão vocês para a Cidade de Oz em menos de uma hora.

— Eu não sabia que tinha um feitiço — respondeu Dorothy, surpresa. — Qual é?

— Está escrito dentro do Chapéu Dourado — respondeu a Rainha dos Ratos. — Mas se você for chamar os Macacos Alados, nós precisamos fugir, pois eles são muito arteiros e pensam que é divertido nos atazanar.

— Eles não vão me machucar? — perguntou a garota, ansiosamente.

— Oh, não! Eles precisam obedecer quem está usando o Chapéu. Adeus!

E saiu correndo, perdendo-se de vista, com todos os outros ratos correndo atrás dela.

Dorothy olhou dentro do Chapéu Dourado e viu que havia algumas palavras escritas dentro do forro. "Estas palavras", pensou ela, "devem ser o feitiço." Ela leu as instruções cuidadosamente e colocou o Chapéu sobre a cabeça.

— E-pe, pe-pe, ka-ke! — disse ela, ficando sobre o pé esquerdo.

— O que você disse? — perguntou o Espantalho, que não sabia o que ela estava fazendo.

— I-lo, E-lo, O-la! — continuou Dorothy, agora apoiando-se sobre o pé direito.

— Olá! — respondeu o Homem de Lata, calmamente.

— Zi-zy, zu-zy, zi-qui! — disse Dorothy, agora em pé sobre os dois pés.

Com isso, acabou de dizer o encanto e todos ouviram um barulho muito grande das conversas e do bater das asas, pois o bando dos Macacos Alados chegava voando.

O Rei curvou-se diante de Dorothy e perguntou:

— Qual é a sua ordem?

— Desejamos ir à Cidade das Esmeraldas — disse a criança. — E nos perdemos.

— Vamos carregar vocês — respondeu o Rei.

E, assim que ele falou, dois Macacos pegaram Dorothy nos braços e voaram com ela. Outros pegaram o Espantalho e o Homem de Lata e o Leão. Um pequeno Macaco agarrou Totó e voou atrás deles, mesmo com o cachorrinho tentando mordê-lo com todas as forças.

O Espantalho e o Homem de Lata estavam com um pouco de medo no começo, pois se lembravam de como tinham sido maltratados pelos Macacos Alados. Percebendo, porém, que não lhes fariam nenhum mal, aproveitaram o passeio no céu com muita alegria, e se divertiram muito olhando para os belos jardins e florestas lá embaixo.

Dorothy ficou bem confortável voando entre os dois grandes Macacos, um deles o próprio Rei. Eles fizeram uma cadeira com as mãos e tomaram bastante cuidado para não machucá-la.

— Por que vocês são obrigados a obedecer o feitiço do Chapéu Dourado? — perguntou ela.

— É uma longa história — respondeu o Rei, com um riso voador. — Mas temos uma longa jornada diante de nós, então eu lhe contarei toda a história, se você desejar.

— Ficarei feliz em ouvir — respondeu ela.

— Nós já fomos livres — começou a contar o líder. — Vivíamos felizes numa grande floresta, voando de árvore em árvore, comendo nozes e frutas, e fazendo o que nos desse vontade sem chamar ninguém de amo. Alguns podiam, talvez, ser muito malandros às vezes, voando para baixo e puxando o rabo de animais que não podiam voar, perseguindo pássaros e jogando nozes nas pessoas que andavam na floresta. Mas éramos descuidados, felizes e divertidos e aproveitávamos cada minuto do dia. Isso foi há muitos anos, muito antes de Oz sair das nuvens e governar a nossa terra.

— Vivia aqui então, ao longe, no norte, uma linda princesa, que também era uma poderosa feiticeira. Toda a sua magia era usada para ajudar as pessoas e ninguém nunca soube que ela tivesse machucado alguém que fosse bom. Seu nome era Gayelette e ela vivia num lindo palácio construído com grandes blocos de rubi. Todos a amavam, mas sua grande tristeza era não encontrar alguém que ela pudesse amar, já que todos os homens eram estúpidos ou feios demais para unir-se a uma pessoa tão linda e sábia. Entretanto, ela finalmente encontrou um menino que era lindo e másculo, e muito mais sábio do que alguém de sua idade. Gayelette decidiu que, quando ele crescesse e se tornasse um homem, o garoto seria seu marido. Então o levou para seu palácio de rubi e usou todos os seus poderes mágicos para que ele ficasse forte, bondoso e lindo, como qualquer mulher gostaria. Quando ele se tornou um homem, Quelala, como era chamado, foi tido como o melhor e mais sábio homem de toda a Terra. Sua aparência era tão bela que Gayelette o amava ternamente e se apressava para deixar tudo pronto para o casamento.

— Meu avô era, naquele tempo, o Rei dos Macacos Alados, que viviam na floresta perto do palácio de Gayelette, e o velhote adorava uma boa piada mais do que um bom jantar. Um dia, um pouco antes do casamento, meu avô estava voando com seu bando quando viu Quelala andando perto do rio. Ele estava vestido com uma roupa riquíssima, de seda cor-de-rosa e veludo roxo, e meu avô achou que poderiam pregar uma peça. Ao seu comando, o bando voou e agarrou Quelala, carregou-o nos braços até que estivessem no meio do rio, e o jogaram na água. "Nade agora, meu camarada!", gritou o meu avô. "E veja se a água manchou suas roupas." Quelala era sábio demais para não saber nadar e não era nem um pouco mimado, nem com toda a sua fortuna. Ele riu quando voltou à superfície da água e nadou até a margem. Quando Gayelette chegou correndo, viu que a seda e o veludo tinham sido arruinados pela água.

— A princesa ficou furiosa e ela sabia, é claro, quem tinha feito aquilo. Ela convocou todos os Macacos Alados e, diante de todos, ordenou que suas asas fossem amarradas e que eles fossem tratados da mesma forma com que tinham tratado Quelala. Todos foram atirados no rio. Mas meu avô implorou muito, pois sabia que os Macacos iriam se afogar no rio com as asas amarradas, e Quelala também implorou clemência por eles. Então, Gayelette finalmente os poupou, com a condição que os Macacos Alados para sempre teriam que obedecer três vezes a ordem do dono do Chapéu Dourado. O Chapéu tinha sido um presente de casamento para Quelala, e se diz que custou à princesa metade de seu reino. Claro que meu avô e todos os outros Macacos concordaram imediatamente com essa condição, e por isso somos escravos por três vezes de quem estiver com o Chapéu Dourado, quem quer que seja.

— E o que aconteceu com eles? — perguntou Dorothy, que tinha ficado muito interessada na história.

— Quelala, que tinha sido o primeiro dono do Chapéu Dourado, foi o primeiro a nos ordenar seus desejos — respondeu o Macaco. — Como sua noiva não podia nem olhar para nós, pois nos odiava, ele nos convocou na floresta depois que tinha se casado com ela e nos ordenou a ficar onde ela nunca mais pudesse ver um Macaco Alado. Ficamos felizes com isso, pois também tínhamos medo dela. Isso era tudo que tínhamos que fazer até que o Chapéu Dourado caiu nas mãos da Bruxa Má do Oeste, que nos fez escravizar os Winkies e depois expulsar o próprio Oz da Terra do Oeste. Agora, o Chapéu Dourado é seu, e é seu o direito de nos ordenar três desejos a serem cumpridos.

Assim que o Rei Macaco terminou a história, Dorothy olhou para baixo e viu a muralha verde e brilhante da Cidade das Esmeraldas diante deles. Ela se espantou com o voo rápido dos Macacos, mas também ficou feliz que a jornada tinha chegado ao fim. As estranhas criaturas colocaram os viajantes cuidadosamente diante dos portões da Cidade. O Rei fez uma reverência a Dorothy e voou rapidamente para longe, seguido por todo o seu bando.

— Foi uma boa viagem — disse a garotinha.

— Sim, e um jeito rápido de acabar com os nossos problemas — respondeu o Leão. — Que sorte que você pegou esse Chapéu maravilhoso!

15. A Descoberta de Oz, o Terrível

Os quatro viajantes andaram até o grande portão da Cidade das Esmeraldas e tocaram o sino. Depois de tocar várias vezes, o portão foi aberto pelo mesmo Guardião dos Portões que tinham conhecido antes.

— Ora! Vocês voltaram? — perguntou ele, surpreso.

— Você não nos vê aqui? — perguntou o Espantalho.

— Mas eu pensei que tinham ido ver a Bruxa Má do Oeste.

— Nós a vimos, sim — disse o Espantalho.

— E ela deixou que partissem? — perguntou o homem, surpreso.

— Ela não pôde evitar, porque derreteu — explicou o Espantalho.

— Derreteu! Bem, essas são notícias muito boas! — disse o homem. — Quem a derreteu?

— Foi a Dorothy — respondeu o Leão, solenemente.

— Meu Deus do céu! — exclamou o homem, e curvou-se respeitosamente diante dela.

Então, ele os levou até sua pequena sala e trancou os óculos que tirou do grande baú sobre os olhos de todos, como tinha feito antes. Depois, passaram do portão e entraram na Cidade das Esmeraldas. Quando as pessoas ouviram o Guardião dos Portões dizer que Dorothy tinha derretido a Bruxa Má do Oeste, todos se juntaram ao redor dos visitantes e os seguiram numa grande multidão até o Palácio de Oz.

O soldado com bigodes verdes ainda estava de guarda diante da porta, mas os deixou entrar imediatamente. A bela garotinha verde veio novamente ao encontro deles e levou cada um para seu quarto rapidamente, para que descansassem antes que o Grande Oz estivesse pronto para recebê-los.

O soldado levou as boas-novas diretamente para Oz: contou que Dorothy e os outros viajantes tinham voltado, depois de terem destruído a Bruxa Má. Mas Oz não respondeu. Eles pensaram que o Grande Mágico os chamaria imediatamente, mas ele não chamou. Não tiveram nenhuma palavra dele no dia seguinte, nem no outro, nem no próximo. A espera era cansativa e desgastante. Finalmente, ficaram contrariados por Oz tratá-los de maneira tão relaxada, depois de terem passado por tanta dificuldade e trabalhos forçados por ele. Então, o Espantalho pediu à menina verde que levasse outra mensagem para Oz, dizendo que se ele não os recebesse imediatamente, chamariam os Macacos Alados para ajudá-los e assim descobririam se ele é um homem de palavra ou não. Quando o Mágico recebeu esta mensagem, ficou com tanto medo que mandou que viessem diante dele na Sala do Trono, quatro minutos depois das nove horas da manhã seguinte. Ele já tinha se encontrado com os Macacos Alados na Terra do Oeste e não queria encontrar com eles de novo, nunca mais.

Os quatro viajantes passaram a noite em claro, cada um deles pensando no presente que Oz havia prometido. Dorothy dormiu apenas um pouquinho e sonhou que estava no Kansas e que Tia Em estava falando como estava feliz de ter sua garotinha em casa novamente.

Pontualmente às nove horas da manhã seguinte, o soldado de bigodes verdes veio até eles e, quatro minutos depois, todos entraram na Sala do Trono do Grande Oz.

Claro que cada um esperava ver o Bruxo da mesma forma que tinha visto antes, e todos ficaram muito surpresos quando olharam ao redor e não viram ninguém na sala. Eles permaneceram próximos à porta e perto uns dos outros, pois o silêncio da sala vazia era mais atemorizante do que qualquer forma que Oz pudesse ter.

Logo, ouviram uma Voz solene, que parecia vir de algum lugar no alto da grande cúpula.

— Eu sou Oz, o Grande e Terrível — disse a Voz. — Por que me procuram?

Eles olharam ao redor da sala, para todos os cantos e, não vendo ninguém, Dorothy perguntou:

— Onde está você?

— Estou em todos os lugares — respondeu a Voz. — Mas, para os olhos dos simples mortais, sou invisível. Agora, me sentarei em meu trono, para que conversem comigo.

E, realmente, a Voz parecia naquele momento vir diretamente do trono. Então, todos andaram para perto dele e ficaram em fila, enquanto Dorothy dizia:

— Viemos receber sua promessa, oh, Oz.

— Que promessa? — perguntou Oz.

— Você me prometeu me mandar de volta para o Kansas assim que a Bruxa Má fosse destruída! — disse a garota.

— E você me prometeu um cérebro! — disse o Espantalho.

— E você me prometeu um coração! — disse o Homem de Lata.

— E você me prometeu coragem! — disse o Leão Covarde.

— A Bruxa Má foi realmente destruída? — perguntou a Voz, e Dorothy achou que a Voz tinha tremido um pouco.

— Sim — respondeu ela. — Eu a derreti com um balde de água.

— Ora, ora — disse a Voz. — Foi tão rápido! Bem, venham me ver amanhã, pois preciso de tempo para pensar.

— Você já teve muito tempo! — disse o Homem de Lata com raiva.

— Não vamos esperar nem mais um dia! — disse o Espantalho.

— Você tem que manter sua promessa! — exclamou Dorothy.

O Leão pensou que também deveria assustar o Bruxo, então deu um rugido alto e forte, que foi tão feroz e aterrorizante que Totó pulou para longe dele assustado e derrubou a tela que estava num canto. Quando o objeto caiu fazendo um grande barulho, todos olharam naquela direção e, no instante seguinte, ficaram abismados. Pois viram, bem ali no lugar onde a tela estava escondida, um homenzinho, careca e com o rosto enrugado, que parecia tão surpreso quanto eles. O Homem de Lata, levantando o machado, correu até o homenzinho e gritou:

— Quem é você?

— Eu sou Oz, o Grande e Terrível — disse o homenzinho, numa voz trêmula. — Mas não me machuque, por favor! Farei o que você quiser.

Nossos amigos se olharam, surpresos e decepcionados.

— Eu pensei que Oz fosse uma grande Cabeça! — disse Dorothy.

— E eu pensei que Oz fosse uma linda Dama! — disse o Espantalho.

— E eu pensei que Oz fosse uma terrível Fera! — disse o Homem de Lata.

E eu pensei que Oz fosse uma Bola de Fogo! — exclamou o Leão.

— Não, vocês estão todos errados — disse o homenzinho, humildemente. — Eu enganei a todos.

— Enganou! — gritou Dorothy. — Você não é um Grande Mágico?

— Silêncio, minha cara — pediu ele. — Não fale tão alto, ou irão ouvi-la... E será o meu fim. Eu tenho que ser um Grande Mágico.

— E você não é? — perguntou ela.

— Nem um pouquinho, minha cara. Sou apenas um homem comum.

— Você é mais do que isso — disse o Espantalho, com um tom de tristeza. — Você é um farsante.

— Exatamente! — declarou o homenzinho, esfregando as mãos como se isso o agradasse. — Sou um farsante.

— Mas isso é terrível! — disse o Homem de Lata. — Como vou conseguir meu coração?

— E a minha coragem? — perguntou o Leão.

— E o meu cérebro? — lamentou-se o Espantalho, limpando as lágrimas dos olhos com a manga do casaco.

— Meus caros amigos — disse Oz. — Eu rogo para que não falem dessas coisinhas. Pensem em mim e no terrível problema em que me encontro, agora que fui descoberto.

— Ninguém sabe que você é um farsante? — perguntou Dorothy.

— Ninguém, a não ser vocês quatro e eu mesmo — respondeu Oz. — Eu enganei todo mundo há tanto tempo que pensei que nunca seria descoberto. Foi um grande erro ter deixado vocês entrarem na Sala do Trono. Geralmente, eu nem vejo meus súditos, então eles acreditam que eu sou terrível.

— Mas eu não entendo — disse Dorothy, perplexa. — Como foi que você apareceu para mim como uma grande Cabeça?

— Isso foi um dos meus truques — respondeu Oz. — Venha por aqui, por favor, e eu lhes contarei tudo.

Ele os levou até uma pequena câmara nos fundos da Sala do Trono. Ele apontou para um canto e lá estava a grande Cabeça, feita com papelão grosso e com uma face cuidadosamente pintada.

— Isso fica pendurado no teto por um cabo — explicou Oz. — Eu fico atrás do painel e puxo um fio, para que os olhos se mexam e a boca se abra.

— Mas e a voz? — perguntou ela.

— Oh, eu sou ventríloquo — disse o homenzinho. — Posso jogar minha voz onde quiser, então você pensou que a voz estava saindo da Cabeça. Aqui estão as outras coisas que eu usei para enganar vocês.

Ele mostrou ao Espantalho o vestido e a máscara que tinha usado para parecer uma bela Dama. E o Homem de Lata viu que a terrível Fera era nada além de pedaços de couro, costurados juntos, montados sobre ripas. Quanto à Bola de Fogo, o falso Bruxo também havia pendurado aquilo do teto. Era, na verdade, uma bola de algodão que, coberta de óleo, queimou violentamente.

— Realmente! — exclamou o Espantalho. — Você deveria ter vergonha de ser tão mentiroso!

— Eu tenho, tenho mesmo — respondeu o homenzinho, desculpando-se. — Mas era a única coisa que eu podia fazer. Sentem-se, por favor, há muitas cadeiras, e eu contarei minha história.

Então eles se sentaram e ouviram a seguinte história.

— Eu nasci em Omaha...

— Ora, isso não é muito longe do Kansas! — gritou Dorothy.

— Não, mas é longe daqui — disse ele, balançando a cabeça desoladamente. — Quando eu cresci, me tornei um ventríloquo e fui muito bem treinado por um grande mestre. Posso imitar qualquer tipo de pássaro ou fera.

Aqui ele miou como um gatinho para que Totó levantasse as orelhas e procurasse por todos os cantos para saber onde estava o bichano.

— Depois de um tempo — continuou Oz —, fiquei cansado disso e me tornei um baloeiro.

— O que é isso? — perguntou Dorothy.

— Um homem que fica no alto, num balão, no dia em que o circo chega, para atrair as pessoas e fazê-las pagar para ver o espetáculo — explicou ele.

— Oh — disse ela. — Eu sei.

— Bem, um dia eu subi no balão e as cordas ficaram emaranhadas então não consegui descer. O balão subiu e subiu entre as nuvens, tão alto que uma corrente de ar o arrebatou, levando-o para longe, muitos, muitos quilômetros distante. Por um dia e uma noite viajei pelos ares e, na manhã do segundo dia, acordei e vi que o balão voava por um país estranho e lindo.

— Foi descendo aos pouquinhos e não me machuquei. Mas estava entre pessoas estranhas que, vendo que eu tinha descido das nuvens, pensaram que eu era um grande Mágico. Claro que deixei que pensassem assim, porque eles tinham medo de mim, e prometi fazer qualquer coisa que me pedissem.

— Só para me divertir e manter as pessoas ocupadas, ordenei que construíssem esta Cidade e meu Palácio, e fizeram tudo muito bem e de boa vontade. Então, eu pensei, já que era tudo tão verde e lindo, poderia chamá-la de Cidade das Esmeraldas. Para que o nome ficasse mais adequado, coloquei óculos verdes em todas as pessoas, para que vissem tudo verde.

— Mas as coisas não são verdes aqui? — perguntou Dorothy.

— Não mais do que em qualquer outra cidade — respondeu Oz. — Mas quando você usa os óculos verdes, ora, tudo que você olha fica verde. A Cidade das Esmeraldas foi construída há muitos e muitos anos, pois eu era jovem quando o balão me trouxe aqui e agora sou um homem muito velho. Mas meu povo usa óculos verdes sobre os olhos há tanto tempo que a maioria pensa que esta é realmente uma Cidade das Esmeraldas, e é certamente um lugar lindo, abundante em joias e metais preciosos, e todas as coisas boas que são necessárias para fazer alguém feliz. Eu tenho sido bom com as pessoas e eles gostam de mim. Mas desde que o Palácio foi construído, eu me tranquei aqui e não vi mais ninguém.

— Um dos meus maiores medos eram as Bruxas, pois eu não tinha nenhum poder mágico e logo descobri que as Bruxas eram realmente capazes de fazer coisas maravilhosas. Eram quatro nesse país e reinavam sobre as pessoas que viviam no norte e no sul, no leste e no oeste. Felizmente, as Bruxas do Norte e do Sul eram boas, e eu sabia que elas não me fariam mal. Mas as Bruxas do Leste e do Oeste eram terrivelmente malvadas e, se não pensassem que eu era mais poderoso do que elas, certamente teriam me destruído. Assim, vivi em constante pavor delas por muitos anos. Você pode imaginar como fiquei aliviado quando ouvi que sua casa tinha caído sobre a Bruxa Má do Leste. Quando você veio me ver, estava disposto a prometer qualquer coisa se você conseguisse se livrar da outra Bruxa. Agora que você a derreteu, tenho vergonha em admitir que não consigo manter minhas promessas.

— Eu acho que você é um homem muito malvado — disse Dorothy.

— Oh, não, minha cara! Eu sou na verdade um homem muito bom. Mas sou um péssimo Mágico, tenho que admitir.

— Você não pode me dar meu cérebro? — perguntou o Espantalho.

— Você não precisa de cérebro. Você aprende alguma coisa todos os dias. Um bebê tem cérebro, mas não sabe muito. Experiência é a única coisa que traz conhecimento e quanto mais tempo você passar na Terra, mais experiências irá adquirir.

— Isso tudo pode ser verdade — disse o Espantalho. — Mas eu ficarei muito infeliz a não ser que você me dê um cérebro.

O falso Mágico observou-o cuidadosamente.

— Bem — suspirou ele. — Eu não sou um mágico muito bom, como eu disse. Mas se você vier me ver amanhã de manhã, vou colocar um cérebro na sua cabeça. Entretanto, não posso dizer como você irá usá-lo, pois quem descobrirá isso será você mesmo.

— Oh, obrigado! Obrigado! — gritou o Espantalho. — Eu encontrarei um jeito de usá-lo, fique tranquilo!

— E quanto à minha coragem? — perguntou o Leão, ansiosamente.

— Tenho certeza de que você tem muita coragem — respondeu Oz. — Tudo o que você precisa é confiar mais em si mesmo. Não há nenhuma criatura que não tenha medo quando se vê em perigo. A verdadeira coragem é encarar o perigo quando você está com medo, e esse tipo de coragem você tem de sobra.

— Talvez eu tenha, mas tenho medo mesmo assim — disse o Leão. — Eu ficarei muito, muito triste se você não me der o tipo de coragem que faz com que você se esqueça de que está com medo.

— Muito bem, eu lhe darei esse tipo de coragem amanhã — respondeu Oz.

— E quanto ao meu coração? — perguntou o Homem de Lata.

— Ora, quanto a isso — respondeu Oz —, acho que você está errado em querer um coração. Muitas pessoas são infelizes por causa dele. Se você soubesse a sorte que tem por não ter um coração!

— Isso é uma questão de opinião — disse o Homem de Lata. — Da minha parte, suportarei toda a infelicidade sem um pio, caso você me dê um coração.

— Muito bem — respondeu Oz, humildemente. — Venha amanhã e eu lhe darei um coração. Eu fingi ser um Mágico por tantos anos que posso continuar com meu personagem por um pouquinho mais.

— E agora — disse Dorothy. — Como vou voltar para o Kansas?

— Teremos que pensar nisso — respondeu o homenzinho. — Em dois ou três dias eu pensarei sobre o assunto e tentarei encontrar um jeito de você atravessar o deserto. Enquanto isso, todos vocês serão tratados como meus convidados. Enquanto estiverem no Palácio, meu povo irá servi-los e satisfazer todas as suas vontades. Só peço uma coisa em troca, que é isso: precisam manter meu segredo e não contar a ninguém que sou um farsante.

Todos concordaram em não dizer nada e voltaram para seus quartos animados. Até mesmo Dorothy tinha esperanças de que "o Grande e Terrível Farsante", como ela o chamava agora, iria encontrar um meio de mandá-la de volta ao Kansas. Se ele conseguisse, ela estaria disposta a perdoá-lo por tudo.

16. A Arte Mágica do Grande Farsante

Na manhã seguinte, o Espantalho disse aos amigos:

— Podem me dar os parabéns! Estou indo finalmente buscar meu cérebro com Oz. Quando eu voltar, serei como os outros homens.

— Eu sempre gostei de você como você é — disse Dorothy, simplesmente.

— É muito bondade sua gostar de um Espantalho — disse o Espantalho. — Mas você certamente me achará melhor quando ouvir os pensamentos esplêndidos que meu novo cérebro me proporcionará.

Ele se despediu de todos com uma voz alegre e foi para a Sala do Trono e bateu na porta.

— Entre — disse Oz.

O Espantalho entrou e encontrou o homenzinho sentado perto da janela, mergulhado em pensamentos.

— Eu vim pegar o meu cérebro — disse o Espantalho, um pouco desconfortável.

— Oh, sim, sente-se naquela cadeira, por favor — respondeu Oz. — Você vai me perdoar por eu tirar a sua cabeça, mas terei que fazer isso para colocar seu cérebro no lugar certo.

— Tudo bem — disse o Espantalho. — Fique tranquilo, pode tirar a minha cabeça, contanto que seja uma cabeça melhor quando a colocar de volta.

Então o Bruxo desamarrou a cabeça dele e tirou toda a palha de dentro. Entrou depois no quarto escuro e pegou uma medida de farelo, que misturou com pinos e agulhas. Misturou tudo muito bem e colocou a mistura no topo da cabeça do Espantalho, enchendo o resto com palha, para que ficasse tudo no lugar.

Quando colocou novamente a cabeça do Espantalho no lugar, disse:

— De agora em diante, você será um grande homem, pois eu lhe dei um cérebro novinho.

O Espantalho ficou satisfeito e orgulhoso por ter seu maior desejo satisfeito. Depois de agradecer Oz, ele voltou para encontrar os amigos.

Dorothy olhou curiosa para ele. Sua cabeça estava estufada em cima, por causa do cérebro.

— Como você se sente? — perguntou ela.

— Sinto-me muito sábio — respondeu ele, honestamente. — Quando começar a usar meu cérebro, saberei tudo.

— Por que esses pinos e agulhas estão saindo da sua cabeça? — perguntou o Homem de Lata.

— É prova que ele tem um cérebro afiado — comentou o Leão.

— Bem, preciso ir até Oz pegar meu coração — disse o Homem de Lata.

Ele andou até a Sala do Trono e bateu na porta.

— Entre — disse Oz.

O Homem de Lata entrou e disse:

— Vim pegar meu coração.

— Muito bem — respondeu o homenzinho. — Mas terei que fazer um buraco no seu peito para que eu possa colocar seu coração no lugar certo. Espero não machucá-lo.

— Oh, não — respondeu o Homem de Lata. — Eu não sentirei nada.

Então, Oz pegou um alicate afiado e cortou um pequeno buraco quadrado do lado esquerdo do peito do Homem de Lata. Então, foi até uma cômoda e tirou de uma das gavetas um coração de seda forrado com serragem.

— Não é uma beleza? — perguntou ele.

— É, sim! — respondeu o Homem de Lata, muito satisfeito. — Mas é um coração bom?

— Oh, muito! — respondeu Oz.

Ele colocou o coração no peito do Homem de Lata e recolocou o quadrado de lata, soldando com capricho o lugar onde tinha feito o corte.

— Pronto! — disse ele. — Agora você tem um coração que qualquer homem teria orgulho de ter. Sinto muito por ter feito um remendo em seu peito, mas não tinha outro jeito.

— Não se preocupe com o remendo — exclamou o Homem de Lata, feliz. — Sou muito grato a você e nunca me esquecerei de sua bondade.

— Não há de quê — respondeu Oz.

Então o Homem de Lata voltou para seus amigos, que lhe desejaram toda a felicidade e sorte.

O Leão agora andou até a Sala do Trono e bateu na porta.

— Entre — disse Oz.

— Eu vim receber minha coragem — anunciou o Leão, entrando na sala.

— Muito bem — respondeu o homenzinho. — Vou providenciar.

Ele foi até um armário e, esticando-se para alcançar a prateleira mais alta, pegou uma garrafa quadrada verde e derramou o conteúdo dela numa travessa verde de ouro, maravilhosamente adornada. Colocando o prato diante do Leão Covarde, que o cheirou como se não gostasse, o Bruxo disse:

— Beba.

— O que é isso? — perguntou o Leão.

— Bem — respondeu Oz. — Se estivesse dentro de você, seria coragem. Sabe, a coragem está sempre dentro de alguém, então isso não deve ser chamado de coragem até que você tenha engolido. Por isso, aconselho que você beba tudo o mais rápido possível.

O Leão não hesitou nem por mais um minuto e bebeu até que a travessa estivesse vazia.

— Como se sente agora? — perguntou Oz.

— Cheio de coragem — respondeu o Leão, que voltou alegremente para seus amigos para lhes contar as boas-novas.

Oz, agora sozinho, sorriu ao pensar no sucesso que tinha tido ao dar ao Espantalho, ao Homem de Lata e ao Leão exatamente o que eles pensavam que queriam.

— Como posso deixar de ser um farsante — disse ele —, quando todas essas pessoas me forçam a fazer coisas que todos sabem que não podem ser feitas? Foi fácil fazer o Espantalho, o Leão e o Homem de Lata felizes, pois eles imaginaram que eu podia fazer qualquer coisa. Mas será necessário mais do que imaginação para levar Dorothy de volta ao Kansas. E a única coisa que eu sei é que não sei como fazer isso.

17. Como o Balão foi lançado

Por três dias, Dorothy não ouviu uma palavra de Oz. Foram dias tristes para a garotinha, mesmo que seus amigos estivessem contentes e satisfeitos. O Espantalho contou a todos que havia pensamentos maravilhosos em sua mente, mas não podia falar o que eram pois ninguém entenderia, apenas ele mesmo. Quando o Homem de Lata andava, sentia seu coração palpitando no peito e disse a Dorothy que tinha descoberto que era um coração ainda mais bondoso e terno do que ele tinha tido quando era feito de carne e osso. O Leão declarou que não tinha medo de nada nesse mundo e enfrentaria com prazer um exército ou uma dúzia de ferozes Kalidahs.

Assim, estavam todos satisfeitos, exceto Dorothy, que queria mais do nunca voltar ao Kansas.

No quarto dia, para sua grande alegria, Oz a chamou. Quando ela entrou na Sala do Trono, ele a cumprimentou com simpatia:

— Sente-se, minha cara. Acho que encontrei um jeito de tirar você daqui.

— E de voltar para o Kansas? — perguntou ela, ansiosamente.

— Bem, não tenho certeza sobre o Kansas — disse Oz. — Pois ainda não faço a menor ideia de onde possa ser. Mas a primeira coisa a fazer é cruzar o deserto e daí será fácil encontrar seu caminho para casa.

— Como posso cruzar o deserto? — perguntou ela.

— Bem, vou lhe falar o que eu penso — disse o homenzinho. — Veja bem, quando eu vim parar aqui, eu estava num balão. Você também veio pelo ar, carregada pelo ciclone. Então, acredito que o melhor jeito de cruzar o deserto será pelo ar. Agora, não tenho poderes para criar um ciclone, mas estava pensando e pensando e acredito que posso fazer um balão.

— Como? — perguntou Dorothy.

— Um balão é feito de seda, que recebe uma camada de cola para manter o gás dentro — explicou Oz. — Eu tenho muita seda no Palácio, então não será problema fazer um balão. Mas em nenhum lugar por aqui há gás para enchê-lo.

— Se não voar — disse Dorothy —, não servirá para nada.

— É verdade — respondeu Oz. — Mas tem outro jeito de fazê-lo voar, que é enchê-lo de ar quente. Ar quente não é tão bom quanto gás, pois, se o ar esfriar, o balão cairá no deserto e estaremos perdidos.

— Nós?! — exclamou a garota. — Você vai comigo?

— Sim, claro — respondeu Oz. — Estou cansado de ser um farsante. Se eu sair deste Palácio, meu povo logo descobrirá que não sou um Mágico e ficarão chateados comigo por terem sido enganados. Então, tenho que ficar trancado nessas salas o dia todo e isso é cansativo. Prefiro voltar ao Kansas com você e retornar ao circo.

— Ficarei feliz com sua companhia — disse Dorothy.

— Obrigado! — respondeu ele. — Agora, se você me ajudar a costurar a seda, podemos começar a trabalhar em nosso balão.

Então, Dorothy pegou linha e agulha e, tão rapidamente quanto Oz cortava as tiras de seda do tamanho certo, a garota as costurava com capricho.

A primeira tira era verde-claro, depois vinha uma tira verde-escuro, depois uma verde-esmeralda. Oz queria fazer o balão com diferentes tons de verde. Três dias foram necessários para costurar todas as tiras. Quando terminaram, diante deles estava um saco de seda verde com mais de 6 metros.

Então, Oz passou uma camada fina de tinta do lado de dentro, para deixar o saco hermeticamente fechado, e anunciou que o balão estava pronto.

— Mas precisamos de uma cesta para nos levar — disse ele.

Então, ele mandou o soldado com bigodes verdes pegar uma grande cesta de roupas, que ele amarrou à parte de baixo do balão com muitas cordas.

Quando estava pronto, Oz mandou avisar seu povo que estava indo visitar um grande amigo Mágico que morava nas nuvens. A notícia se espalhou rapidamente pela cidade e todos foram ver o grande espetáculo.

Oz ordenou que o balão fosse levado até a frente do Palácio, e as pessoas observaram tudo com muita curiosidade. O Homem de Lata tinha cortado uma grande pilha de madeira e fez com ela uma fogueira. Oz segurou a parte de baixo do balão sobre o fogo para que o ar quente que subia entrasse no saco de seda. Gradualmente, o balão foi inchando e subindo, até que finalmente a cesta estava apenas tocando o chão.

Então, Oz entrou na cesta e disse para o povo, em voz bem alta:

— Vou fazer uma visita. Enquanto estiver fora, o Espantalho irá governá-los. E eu ordeno que lhe obedeçam tanto quanto obedecem a mim.

Nesse momento, o balão estava puxando a corda que o segurava ao chão com muita força, pois o ar dentro dele estava quente e isso o fazia mais leve do que o ar ao seu redor, puxando-o com força para cima.

— Venha, Dorothy! — gritou o Bruxo. — Rápido ou o balão irá embora!

— Não encontro Totó! — respondeu Dorothy, que não queria deixar seu cachorrinho para trás.

Totó tinha saído correndo pela multidão atrás de um gatinho, mas Dorothy conseguiu encontrá-lo. Ela o agarrou e correu até o balão.

Ela estava a poucos passos da cesta e Oz esticou as mãos para ajudá-la a subir, quando... Crack! As cordas arrebentaram e o balão saiu voando sem ela.

— Volte! — gritou ela. — Eu também quero ir!

— Não consigo voltar, minha cara! — gritou Oz, da cesta. — Adeus!

— Adeus! — gritaram todos.

Todos os olhos se voltaram para o Mágico lá em cima, dentro da cesta, subindo cada vez mais alto no céu.

E foi a última vez que viram Oz, o Maravilhoso Mágico. Mas ele talvez tenha chegado a Omaha em segurança e esteja lá agora, é o que desejamos. As pessoas lembravam dele carinhosamente e diziam umas às outras:

— Oz sempre foi nosso amigo. Quando ele estava aqui, construiu esta linda Cidade das Esmeraldas para nós. E agora ele se foi e deixou o Sábio Espantalho para nos governar.

Mesmo assim, por muitos dias lamentaram a perda do Maravilhoso Mágico e ficaram inconsoláveis.

18. A Caminho do Sul

Dorothy chorou amargamente ao ver perdida a oportunidade de voltar para casa, para o Kansas. Depois de pensar bem, ficou até feliz por não ter subido no balão. E também sentiu a perda de Oz, assim como seus companheiros.

O Homem de Lata foi até ela e disse:

— Eu serei muito ingrato se não chorar pelo homem que me deu meu lindo coração. Gostaria de chorar um pouco pela partida de Oz. Você pode, por favor, limpar minhas lágrimas, para que eu não enferruje?

— Com prazer — respondeu ela, pegando imediatamente uma toalhinha.

Então o Homem de Lata chorou por muitos minutos, e ela observava as lágrimas cuidadosamente e as enxugava com a toalha. Quando ele acabou de chorar, agradeceu carinhosamente e passou óleo nas juntas usando sua preciosa lata de óleo, só para garantir.

O Espantalho agora era o novo governante da Cidade das Esmeraldas. Mesmo não sendo um Mágico, as pessoas tinham orgulho dele.

"Pois", diziam, "não há outra cidade no mundo governada por um Espantalho". E, pelo que sabiam, estavam muito certos.

Na manhã seguinte depois que o balão tinha partido com Oz, os quatro viajantes se encontraram na Sala do Trono para discutir a situação. O Espantalho sentou-se no grande trono e os outros permaneceram respeitosamente diante dele.

— Não somos tão desafortunados — disse o novo governante. — Pois este Palácio e a Cidade das Esmeraldas pertencem a nós e podemos fazer o que quisermos. Quando eu me lembro que, não faz muito tempo, estava num poste no milharal de um fazendeiro e agora governo esta maravilhosa Cidade, fico muito satisfeito com meu destino.

— Eu também — disse o Homem de Lata. — Estou muito satisfeito com meu novo coração. E, realmente, essa era a única coisa que eu desejava em todo o mundo.

— Da minha parte, estou contente em saber que sou tão corajoso quanto qualquer fera. Talvez até mais corajoso! — disse o Leão, com modéstia.

— Se Dorothy pudesse ser feliz em viver na Cidade das Esmeraldas — continuou o Espantalho. — Poderíamos ser felizes todos juntos.

— Mas eu não quero viver aqui! — gritou Dorothy. — Eu quero ir para o Kansas e viver com minha Tia Em e meu Tio Henry.

— Bem, então, o que pode ser feito? — perguntou o Homem de Lata.

O Espantalho decidiu pensar. E ele pensava tanto que os pinos e as agulhas começaram a sair de sua cabeça. Finalmente, ele disse:

— Por que não chamamos os Macacos Alados e pedimos que carreguem você através do deserto?

— Eu nunca tinha pensado nisso! — exclamou Dorothy, alegremente. — É isso! Vou pegar o Chapéu Dourado agora mesmo!

Quando ela chegou com o Chapéu na Sala do Trono, falou as palavras mágicas e logo um bando de Macacos Alados chegou voando pela janela aberta e ficou ao lado dela.

— Esta é a segunda vez que você nos chamou — disse o Rei dos Macacos, curvando-se diante da garotinha. — O que você deseja?

— Eu quero que você me leve voando até o Kansas — disse Dorothy.

Mas o Rei dos Macacos balançou a cabeça.

— Isso não pode ser feito — disse ele. — Nós pertencemos apenas a este país e não podemos deixá-lo. O Kansas nunca teve Macacos Alados e acho que nunca terá, pois eles não são dali. Ficaremos felizes em servi-la de qualquer outro jeito que esteja em nosso poder, mas não podemos cruzar o deserto. Adeus!

E com outra reverência, o Rei dos Macacos abriu as asas e voou pela janela, seguido pelo seu bando.

Dorothy estava a ponto de chorar de decepção.

— Eu desperdicei o feitiço do Chapéu Dourado — disse ela. — Os Macacos Alados não podem me ajudar.

— É mesmo uma pena! — disse o bondoso Homem de Lata.

O Espantalho estava pensando novamente e sua cabeça inchou tão horrivelmente que Dorothy temeu que pudesse explodir.

— Vamos chamar o soldado com os bigodes verdes — disse ele — e pedir seu conselho.

Então, o soldado foi chamado e entrou na Sala do Trono timidamente, pois, enquanto Oz estava ali, nunca havia recebido permissão para passar da porta.

— Esta garotinha — disse o Espantalho para o soldado — deseja cruzar o deserto. Como isso pode ser feito?

— Eu não sei — respondeu o soldado. — Pois ninguém nunca cruzou o deserto, a não ser o próprio Oz.

— Ninguém pode me ajudar? — perguntou Dorothy, preocupada.

— Glinda poderia — sugeriu ele.

— Quem é Glinda? — perguntou o Espantalho.

— A Bruxa do Sul. Ela é a mais poderosa de todas as Bruxas e reina sobre os Quadlings. Além disso, o castelo dela fica na fronteira com o deserto, então ela deve conhecer um jeito de cruzá-lo.

— Glinda é uma Bruxa Boa, não é? — perguntou a criança.

— Os Quadlings acham que sim — disse o soldado. — E ela é boa com todos. Eu ouvi dizer que Glinda é uma mulher linda que sabe como se manter jovem apesar dos muitos anos que já viveu.

— Como posso chegar ao castelo dela? — perguntou Dorothy.

— Siga reto para o sul — respondeu ele. — Mas dizem que a estrada é cheia de perigos para os viajantes. Há feras selvagens nas florestas e uma raça estranha de homens que não gosta de forasteiros em suas terras. Por essa razão, nenhum Quadling vem para a Cidade das Esmeraldas.

O soldado foi embora e o Espantalho disse:

— Parece que, apesar dos perigos, a melhor coisa que Dorothy pode fazer é viajar até a Terra do Sul e pedir ajuda a Glinda. Pois, se Dorothy ficar aqui, ela certamente nunca voltará ao Kansas.

— Você já deve ter pensado muito sobre isso — observou o Homem de Lata.

— Pensei, sim — disse o Espantalho.

— Eu vou com Dorothy — declarou o Leão. — Pois estou cansado da sua cidade e com saudades das florestas e do meu lugar. Eu sou mesmo uma fera selvagem, sabem? Além disso, Dorothy irá precisar de alguém para protegê-la.

— Isso é verdade — concordou o Homem de Lata. — Meu machado estará a serviço dela e eu também irei para a Terra do Sul.

— Quando partiremos? — perguntou o Espantalho.

— Você vai também? — perguntaram todos juntos, surpresos.

— Claro. Se não fosse por Dorothy, eu nunca teria cérebro. Ela me tirou do poste no milharal e me trouxe para a Cidade das Esmeraldas. Então, toda a sorte que tive foi graças a ela e nunca vou deixá-la até que esteja a caminho do Kansas.

— Obrigada! — disse Dorothy, grata. — Vocês são tão bonzinhos comigo. Eu gostaria de partir o mais rápido possível.

— Iremos amanhã de manhã — confirmou o Espantalho. — Então vamos nos aprontar, pois será uma longa jornada.

19. O Ataque das Árvores Lutadoras

Na manhã seguinte, Dorothy deu um beijo de despedida na bela garota verde e todos cumprimentaram o soldado de bigodes verdes, que andou com eles até o portão. Quando o Guardião dos Portões os viu novamente, ficou abismado por saber que deixariam aquela linda Cidade para encontrar novos problemas. Mas assim que destrancou seus óculos e colocou-os novamente no baú verde, desejou a todos uma boa viagem.

— Você agora é nosso governante — disse ele ao Espantalho. — Então, deve retornar o mais rápido possível.

— Certamente farei o possível — respondeu o Espantalho. — Mas preciso ajudar Dorothy a chegar em casa primeiro.

E quando Dorothy finalmente deu um último adeus ao simpático Guardião, disse:

— Fui muito bem tratada em sua linda Cidade e todos foram muito bons comigo. Nem consigo dizer o quanto estou grata.

— Tudo bem, minha cara — respondeu ele. — Nós gostaríamos que ficasse conosco, mas se o seu desejo é voltar para o Kansas, espero que encontre um caminho.

Ele abriu os portões da muralha e eles saíram, começando a jornada.

O sol brilhava forte quando nossos amigos encararam o caminho rumo à Terra do Sul. Estavam todos muito animados, rindo e conversando. Dorothy estava novamente cheia de esperança de voltar para casa, e o Espantalho e o Homem de Lata estavam felizes por poderem ser úteis. Quanto ao Leão, ele cheirava o ar puro com prazer e balançava o rabo para lá e para cá, plenamente satisfeito de estar em campo aberto novamente. Totó corria ao redor deles e caçava mariposas e borboletas, latindo alegremente o tempo todo.

— A vida na cidade não combina mesmo comigo — comentou o Leão, enquanto andavam juntos num ritmo acelerado. — Perdi muita carne vivendo ali e agora estou ansioso para ter uma chance e mostrar às outras feras como eu fiquei corajoso.

Eles agora se viraram e lançaram um último olhar à Cidade das Esmeraldas. Tudo o que podiam ver era um emaranhado de torres e sinos atrás dos muros verdes. Mais alto do que tudo, as torres e a cúpula do Palácio de Oz.

— Oz não era um Mágico tão ruim, afinal das contas — disse o Homem de Lata, sentindo o coração vivo dentro do peito.

— Ele soube me dar um cérebro. E um bom cérebro, além de tudo! — disse o Espantalho.

— Se Oz tivesse tomado uma dose da mesma coragem que ele me deu — acrescentou o Leão —, ele teria sido um homem corajoso.

Dorothy não disse nada. Oz não cumpriu a promessa que tinha feito a ela, mas tinha feito tudo que podia e, por isso, ela o perdoara. Como ele tinha dito, era um bom homem, mesmo sendo um péssimo Mágico.

O primeiro dia da jornada foi pelos campos verdes e entre as lindas flores que cercavam a Cidade das Esmeraldas de todos os lados. Eles dormiram aquela noite na grama, com nada além das estrelas sobre si. E descansaram muito, muito bem.

De manhã, viajaram até chegarem a uma densa floresta. Não havia como dar a volta, pois parecia tão extensa do lado direito quanto do lado esquerdo, estendendo-se até perder de vista. Além disso, eles não queriam mudar de direção de jeito nenhum, pois temiam se perder. Então procuraram um caminho onde seria mais fácil cruzar a floresta.

O Espantalho, que tomava a dianteira, finalmente descobriu uma grande árvore, com galhos que se espalhavam de tal maneira que todo o grupo poderia passar por baixo dela. Ele andou até a árvore mas, assim que ficou embaixo dela, os galhos mais baixos se dobraram e se enrolaram em seu corpo. Em um minuto, ele foi levantado do chão e atirado de cabeça para baixo na direção de seus companheiros de viagem.

Isso não machucou o Espantalho, mas o assustou, pois ele parecia um pouco zonzo quando Dorothy o levantou.

— Aqui tem outro espaço entre as árvores — disse o Leão.

— Deixe-me tentar primeiro — disse o Espantalho. — Pois eu não vou me machucar se for atirado.

Ele andou até a outra árvore, como tinha dito, mas os galhos o agarraram imediatamente e o jogaram para trás novamente.

— Isso é estranho — exclamou Dorothy. — O que vamos fazer?

— As árvores parecem ter decidido brigar conosco e interromper nossa viagem — comentou o Leão.

— Acho que vou tentar — disse o Homem de Lata.

Com o machado no ombro, marchou até a primeira árvore que tinha manuseado tão brutalmente o Espantalho. Quando um grande galho baixou na direção dele para agarrá-lo, o Homem de Lata o cortou com tanta fúria que partiu-o em dois pedaços. Imediatamente, a árvore começou a tremer inteira, como se estivesse com dor, e o Homem de Lata passou por baixo dela em segurança.

— Venham! — gritou ele para os outros. — Rápido!

Todos correram e passaram pela árvore sem se machucar. Exceto Totó, que foi pego por um galho pequeno e sacudido até ganir. O Homem de Lata cortou rapidamente o galho e libertou o cachorrinho.

As outras árvores da floresta não fizeram nada para impedir a passagem do grupo até chegarem ao fim dela. Então, para a surpresa de todos, viram diante deles um muro alto que parecia ser feito de porcelana branca. Era macio como a superfície de uma louça e mais alto do que eles.

— O que faremos agora? — perguntou Dorothy.

— Farei uma escada — disse o Homem de Lata. — Pois precisamos passar por cima desse muro.

20. O Delicado País de Porcelana

Enquanto o Homem de Lata estava fazendo a escada com madeira da floresta, Dorothy deitou-se e dormiu, pois estava cansada de tanto caminhar. O Leão também se enrolou e dormiu, com Totó ao lado dele.

O Espantalho ficou observando o Homem de Lata enquanto este trabalhava e disse a ele:

— Não consigo pensar por que este muro está aqui nem do que é feito.

— Descanse seu cérebro e não se preocupe com o muro — respondeu o Homem de Lata. — Quando tivermos passado por ele, saberemos o que está do outro lado.

Depois de um tempo, a escada estava pronta. Parecia desajeitada, mas o Homem de Lata tinha certeza de que era forte o suficiente e serviria direitinho. O Espantalho acordou Dorothy, o Leão e Totó e lhes disse que a escada estava pronta. O Espantalho subiu primeiro, mas ele era tão desajeitado

que Dorothy teve que ir logo atrás e tomar conta para que ele não caísse. Quando colocou a cabeça sobre o muro, ele exclamou:

— Puxa!

— Continue! — exclamou Dorothy.

Então o Espantalho subiu mais e se sentou no topo do muro. Dorothy colocou a cabeça para cima e gritou:

— Puxa!

Exatamente como o Espantalho.

Então, Totó subiu e começou a latir imediatamente, mas Dorothy fez com que ele ficasse quieto.

O Leão foi o próximo a subir e o Homem de Lata foi o último. Ambos também exclamaram, "puxa!", assim que olharam para além do muro. Quando estavam todos sentados no alto, olharam para baixo e viram uma coisa estranha.

Diante deles se estendia uma grande tira de território, com um chão tão liso, brilhante e branco quanto o fundo de uma travessa. Espalhadas, várias casas feitas inteiramente de porcelana, pintadas com as mais vivas cores. Essas casas eram bem pequenas, a maior delas chegava à altura da cintura de Dorothy. Havia também belos celeiros pequeninos, cercados por cercas de porcelana. Muitas vacas e ovelhas, cavalos e porcos e galinhas, todos feitos de porcelana, estavam por perto, em grupos.

Mas o mais estranho de tudo era o povo que vivia nesse país esquisito. Eram leiteiras e pastoras, com corpos coloridos e pintas douradas em seus vestidos. E princesas com os mais lindos vestidos de prata, e ouro e púrpura. Pastores estavam vestidos com calções até o joelho, com listas horizontais em rosa, amarelo e azul, e fivelas de ouro em seus sapatos. Os príncipes usavam coroas de joias sobre a cabeça, mantos de arminho e coletes de cetim. E havia palhaços engraçados, com bolas vermelhas nas bochechas e chapéus altos e pontudos. O mais estranho de tudo isso era que todas essas pessoas eram feitas de porcelana, até mesmo suas roupas, e eram tão pequenas que a mais alta delas não chegava a bater no joelho de Dorothy.

A princípio, ninguém fez nada a não ser olhar para os viajantes, exceto um cachorrinho vermelho de porcelana, com uma cabeça enorme, que chegou perto do muro e latiu com um latidinho, antes de sair correndo novamente.

— Como vamos descer? — perguntou Dorothy.

Eles viram que a escada era tão pesada que não conseguiriam passá-la para o outro lado. Então o Espantalho saltou do muro e os outros pularam sobre ele para que o chão duro não machucasse seus pés. Claro que eles tomaram cuidado para não aterrissar sobre a cabeça dele e enfiar os pinos nos pés. Quando estavam todos lá embaixo em segurança, eles levantaram o Espantalho, que estava com o corpo murcho, e o arrumaram para que a palha voltasse ao lugar.

— Temos que cruzar este estranho país para chegar do outro lado — disse Dorothy. — Pois seria tolice da nossa parte tomar qualquer outro caminho senão o caminho para o sul.

Eles começaram a andar pelo país das pessoas de porcelana e o primeiro encontro foi com uma moça de porcelana que ordenhava uma vaca de porcelana. Quando chegaram perto, a vaca de repente deu um chute e derrubou o banquinho, o balde e até mesmo a própria moça, que caiu sobre o chão de porcelana fazendo um grande barulho.

Dorothy ficou chocada ao ver que a vaca tinha quebrado a perna, o balde estava em pedaços e a pobre moça tinha um corte em seu cotovelo esquerdo.

— Veja! — gritou a moça, brava. — Veja o que vocês fizeram! Minha vaca quebrou a perna e eu preciso levá-la à oficina para que o reparador cole os pedaços. Por que vocês vieram aqui e assustaram minha vaca?

— Eu sinto muito — respondeu Dorothy. — Por favor, nos perdoe.

Mas a bela moça estava aborrecida demais para responder qualquer coisa. Nervosa, ela pegou a perna quebrada e levou a vaca para longe, o pobre animal mancando em três pernas. Quando saíram, a moça lançou muitos olhares de reprovação por cima do ombro para os desajeitados estranhos, enquanto segurava seu cotovelo cortado.

Dorothy ficou muito perturbada com esse acontecimento.

— Temos que tomar muito cuidado por aqui — disse o Homem de Lata de coração bondoso. — Ou poderemos machucar essas lindas pessoinhas e elas nunca vão se recuperar.

Um pouco mais adiante, Dorothy encontrou uma jovem Princesa lindamente vestida, que parou imediatamente ao ver os estranhos e começou a correr.

Dorothy queria ver mais a Princesa, então correu atrás dela. Mas a dama de porcelana gritou:

— Não corra atrás de mim! Não corra atrás de mim!

Ela tinha uma vozinha tão cheia de medo que Dorothy parou e perguntou:

— Por quê?

— Porque — respondeu a Princesa, depois de parar a uma distância segura — se eu correr, posso cair e me quebrar.

— Mas você não pode ser remendada? — perguntou a menina.

— Oh, sim, mas nunca ficarei tão bonita quanto agora se estiver remendada, não é? — respondeu a princesa.

— Acho que sim — disse Dorothy.

— Aquele é o sr. Curinga, um de nossos palhaços — continuou a dama de porcelana. — Ele está sempre tentando ficar de cabeça para baixo. Ele já se quebrou tantas vezes que tem mais de 100 remendos e não é mais tão bonito. Aí vem ele. Veja por si mesma.

De fato, um alegre palhacinho veio andando até eles e Dorothy pôde ver que, apesar de suas lindas roupas vermelhas, amarelas e verdes, ele estava completamente coberto de rachaduras, de um lado ao outro, deixando claro que tinha sido remendado em vários pedaços.

O Palhaço colocou as mãos nos bolsos e, depois de encher as bochechas e balançar a cabeça de um jeito atrevido, disse:

— Minha bela criança,
Você não se cansa
De o Sr. Curinga encarar?
Você que é dura e esticada,

Como os degraus de uma escada,

Não consegue se enxergar?

— O senhor fique quieto! — disse a Princesa. — Não vê que esses estranhos devem ser tratados com respeito?

— Bem, isso é respeito, eu suspeito — declarou o Palhaço, e imediatamente ficou de cabeça pra baixo.

— Não ligue para o sr. Curinga — disse a Princesa para Dorothy. — Ele é consideravelmente rachado na cabeça e isso faz com que fique bobo.

— Eu não ligo nem um pouco — disse Dorothy. — Mas você é tão linda — continuou ela. — Tenho certeza de que poderia amá-la de verdade. Será que você não me deixa levá-la para o Kansas e colocá-la sobre a lareira da Tia Em? Posso carregá-la em minha cesta.

— Eu ficaria muito triste — respondeu a Princesa de porcelana. — Veja, aqui em meu país vivemos satisfeitos, e podemos falar e nos mover quando queremos. Mas assim que saímos daqui, nossas juntas ficam imediatamente duras e só conseguimos ficar em pé e parecer bonitos. Claro que é isso que esperam de nós quando estamos sobre lareiras ou dentro de armários ou penteadeiras, mas nossas vidas são muito mais felizes aqui em nosso próprio país.

— Não gostaria que você ficasse triste por nada deste mundo! — exclamou Dorothy. — Então, vou apenas me despedir.

— Adeus! — respondeu a Princesa.

Eles andaram com cuidado pelo país de porcelana. Os pequenos animais e todas as pessoas saíam do caminho deles, temendo que os estranhos os quebrassem. Depois de uma hora mais ou menos, os viajantes chegaram do outro lado do país e se depararam com outro muro de porcelana.

Não era tão alto quanto o primeiro, então foi só subir nas costas do Leão e todos conseguiram passar. Então o Leão encolheu-se e pulou o muro. Assim que pulou, no entanto, bateu o rabo numa igreja de porcelana e quebrou-a em pedacinhos.

— Que pena — disse Dorothy. — Mas eu acho que tivemos muita sorte em não causar mais danos a essas pessoinhas, apenas a pata de uma vaca e uma igreja. Eles são tão quebradiços!

— São mesmo — disse o Espantalho. — E eu sou grato por ser feito de palha e não ser tão frágil. Há coisas piores no mundo do que ser um Espantalho.

21. O Leão se Torna o Rei dos Animais

Depois de passar pelo muro de porcelana, os viajantes se encontraram num país feio, cheio de pântanos e brejos, e coberto por uma grama alta e fedida. Era difícil andar sem cair nos buracos lamacentos, pois a grama era tão grossa que os escondia. Mesmo assim, escolhendo cuidadosamente onde pisar, eles conseguiram passar ilesos até chegarem num chão sólido. Mas este país parecia maior do que nunca e, depois de uma caminhada longa e cansativa pela vegetação rasteira, eles entraram em outra floresta, onde havia as maiores e mais antigas árvores que tinham visto.

— Esta floresta é perfeitamente agradável — declarou o Leão, olhando ao redor com prazer. — Eu nunca vi um lugar tão lindo.

— Nunca vi um lugar tão sombrio — disse o Espantalho.

— Nem um pouco sombrio — respondeu o Leão. — Eu gostaria de viver aqui a minha vida inteira. Veja como as folhas secas são macias sob os seus

pés e como o musgo que cobre essas velhas árvores é verde e rico. Certamente, nenhum animal desejaria um lar mais agradável.

— Talvez haja animais selvagens nesta floresta nesse momento — disse Dorothy.

— Acho que sim — respondeu o Leão. — Mas não vejo nenhum por perto.

Eles andaram pela floresta até que ficou escuro demais para continuarem. Dorothy, Totó e o Leão se deitaram para dormir, enquanto que o Homem de Lata e o Espantalho mantiveram guarda, como sempre.

Quando a manhã chegou, eles retomaram a jornada. Antes que tivessem ido longe, ouviram um barulho, como se fosse o rosnado de vários animais selvagens. Totó ganiu um pouco, mas nenhum dos outros ficou assustado. Eles continuaram na trilha bem definida até chegarem a uma clareira no meio da floresta, onde estavam reunidos vários animais de todas as raças. Havia tigres e elefantes, ursos e lobos, raposas e todos os outros animais conhecidos na história da natureza. Por um momento, Dorothy teve medo. Mas o Leão explicou que os animais estavam fazendo uma reunião e ele achou que, pelos roncos e rosnados, deviam estar com um grande problema.

Assim que ele falou, vários animais olharam para ele e, imediatamente, todos ficaram em silêncio, como se tivesse sido por mágica. O maior dos tigres chegou perto do Leão, curvou-se, e disse:

— Seja bem-vindo, oh, Rei dos Animais! Você chegou em boa hora para lutar com nosso inimigo e trazer paz para todos os animais da floresta mais uma vez.

— Qual é o seu problema? — perguntou o Leão, em voz baixa.

— Estamos todos ameaçados — respondeu o tigre — por um violento inimigo que recentemente entrou nesta floresta. É um tremendo monstro, como uma grande aranha, com um corpo tão grande quanto um elefante e pernas tão longas quanto o tronco de uma árvore. Tem oito pernas longas e, enquanto se arrasta pela floresta, agarra um animal com uma perna e o arrasta até a boca, onde o devora assim como uma aranha devora uma mosca. Nenhum de nós está a salvo enquanto essa feroz criatura estiver viva. Por isso, convocamos esta reunião para decidir como nos protegeremos. Foi quando você chegou.

O Leão pensou por um momento.

— Há outros leões na floresta? — perguntou ele.

— Não. Havia alguns, mas o monstro comeu todos. Além disso, não havia nenhum tão grande e tão corajoso quanto você.

— Se eu der um fim no seu inimigo, vocês vão se curvar diante de mim e me obedecer como o Rei da Floresta? — perguntou o Leão.

— Faremos isso com prazer — respondeu o tigre

E todos os outros animais responderam com um rugido poderoso:

— Faremos isso!

— Onde é que está esta grande aranha agora? — perguntou o Leão.

— Lá adiante, entre os carvalhos — disse o tigre, apontando com a pata da frente.

— Tomem conta dos meus amigos — disse o Leão. — E eu irei imediatamente lutar contra esse monstro.

Ele se despediu de seus companheiros e marchou orgulhosamente para a batalha contra o inimigo.

A grande aranha estava deitada, dormindo, quando o Leão a encontrou. Era tão horrível que ele foi obrigado a desviar o olhar, enojado. Suas pernas eram bem longas, como o tigre tinha dito, e seu corpo estava coberto de pelos pretos espetados. Tinha uma grande boca, com uma fileira de 30 centímetros de dentes afiados. Mas sua cabeça estava presa ao corpo redondo por um pescoço tão fino quanto a cintura de uma vespa. Isso deu ao Leão a dica de qual seria a melhor forma de atacar a criatura, e ele sabia que seria mais fácil lutar com ela enquanto dormia. Com um grande pulo, o Leão caiu diretamente sobre as costas do monstro. Então, com uma patada forte, armada com garras afiadas, arrancou a cabeça da aranha. Pulando para baixo, ele observou até que as longas pernas parassem de se mexer. Então, soube que estava morta.

O Leão voltou à clareira onde os animais da floresta estavam reunidos, esperando por ele. E declarou, orgulhoso:

— Vocês não precisam mais temer o inimigo.

Então todos os animais se curvaram diante do Leão, reverenciando-o como um Rei, e ele prometeu voltar e governar sobre todos assim que Dorothy estivesse a caminho do Kansas.

22. O País dos Quadlings

Os quatro viajantes passaram o resto do dia em segurança na floresta. Quando saíram da penumbra, viram uma colina íngreme, coberta de cima a baixo com grandes pedras.

— Será uma escalada difícil — disse o Espantalho. — Mas precisamos atravessar a montanha, de qualquer jeito.

Ele foi na frente e os outros o seguiram. Eles estavam quase alcançando a primeira pedra quando ouviram uma voz rude gritar:

— Afastem-se!

— Quem é você? — perguntou o Espantalho.

Então, uma cabeça se mostrou sobre a rocha e a mesma voz disse:

— Esta montanha pertence a nós e não permitimos que ninguém passe por ela.

— Mas precisamos passar — disse o Espantalho. — Estamos indo para o país dos Quadlings.

— Mas não poderão passar! — respondeu a voz.

E então saiu detrás da pedra o homem mais estranho que os viajantes tinham visto.

Ele era bem baixo e robusto, e tinha uma cabeça grande, achatada no topo e sustentada por um pescoço grosso cheio de rugas. Mas ele não tinha braços e, vendo isso, o Espantalho não teve receio que uma criatura tão indefesa pudesse impedi-lo de subir a montanha. Então, disse:

— Sinto muito por não fazer o que você está pedindo, mas temos que passar pela sua montanha, quer você queira quer não.

E continuou andando desafiadoramente.

Rápida como um raio, a cabeça do homem voou para a frente com o pescoço esticado. Então, o topo da cabeça, que era achatado, acertou em cheio o Espantalho e fez com que rolasse montanha abaixo. Quase tão rápido quanto foi, a cabeça voltou ao corpo. O homem deu uma risada cruel e disse:

— Não é tão fácil quanto você pensa!

Um coro de risos cruéis veio das outras pedras, e Dorothy viu dezenas de homens Cabeça de Martelo sem braços na encosta da montanha, atrás de cada pedra.

O Leão ficou muito bravo com o riso que o acidente do Espantalho tinha causado e, dando um alto rugido que ecoou como um trovão, atacou montanha acima.

Novamente, uma cabeça foi arremessada e o grande Leão desceu rolando a montanha como se tivesse sido atingido por uma bala de canhão.

Dorothy correu para baixo e ajudou o Espantalho a se reerguer, e o Leão veio até ela, sentindo-se machucado e dolorido.

— É inútil lutar contra pessoas com cabeça de martelo — disse ele. — Ninguém pode vencê-los.

— O que podemos fazer, então? — perguntou ela.

— Chame os Macacos Alados — sugeriu o Homem de Lata. — Você ainda tem o direito de chamá-los uma última vez.

— Muito bem — respondeu ela.

E colocando o Chapéu Dourado, pronunciou as palavras mágicas. Os Macacos foram rápidos como sempre e em poucos instantes o bando inteiro estava diante dela.

— Qual é a sua ordem? — perguntou o Rei dos Macacos, fazendo uma grande reverência.

— Quero que nos leve ao país dos Quadlings, depois desta montanha — respondeu a garota.

— Será feito — disse o Rei.

Imediatamente, os Macacos Alados pegaram os quatro viajantes e Totó nos braços e voaram com eles. Quando passaram por cima da montanha, os Cabeça de Martelo gritaram aborrecidos, e lançaram suas cabeças no ar, mas não conseguiram atingir os Macacos Alados, que carregaram Dorothy e seus companheiros em segurança por cima da montanha e os colocaram no chão, no lindo país dos Quadlings.

— Esta é a última vez que você pode nos chamar — disse o líder para Dorothy. — Então, adeus e boa sorte.

— Adeus e muito obrigada — disse a garota.

Os Macacos levantaram voo e, num piscar de olhos, desapareceram de vista.

O país dos Quadlings parecia rico e feliz. Havia campo atrás de campo com grãos maduros, estradas bem pavimentadas entre eles e belos e cintilantes riachos passando sob pontes. As cercas, as casas e as pontes eram todas pintadas de vermelho, assim como tudo era pintado de amarelo no país dos Winkies e de azul no país dos Munchkins. Os Quadlings eram pequenos e gordos, pareciam fofos e simpáticos e se vestiam todos de vermelho, fazendo com que brilhassem entre a grama verde e os grãos amarelos.

Os Macacos os haviam deixado perto de uma fazenda, e os quatro viajantes andaram até a casa e bateram na porta. A mulher do fazendeiro abriu e, quando Dorothy pediu algo para comer, a mulher lhes deu um belo jantar, com três tipos de bolo e quatro tipos de biscoitos, além de uma vasilha de leite para Totó.

— O Castelo de Glinda é muito longe? — perguntou a criança.

— Não é um caminho muito longo — respondeu a mulher do fazendeiro. — Peguem a estrada para o sul e logo chegarão lá.

Agradecendo a mulher, eles retomaram a jornada revigorados e andaram pelos campos e pelas belas pontes até verem um lindo Castelo. Diante dos portões, estavam três jovens garotas, vestidas em elegantes uniformes adornados com fitas douradas. Assim que Dorothy se aproximou, uma delas perguntou:

— Por que você veio ao País do Sul?

— Para ver a Bruxa Boa que governa este país — respondeu ela. — Você pode me levar até ela?

— Digam-me seus nomes e eu perguntarei se Glinda pode recebê-los.

Eles responderam e a garota-soldado entrou no Castelo. Depois de alguns momentos, ela voltou e disse que Dorothy e os outros seriam recebidos imediatamente.

23. Glinda, a Bruxa Boa, Realiza o Desejo de Dorothy

Antes de verem Glinda, entretanto, eles foram levados a uma sala do Castelo, onde Dorothy lavou o rosto e penteou o cabelo. O Leão sacudiu a poeira de sua juba, o Espantalho ajeitou seu forro de palha para ficar com sua melhor forma, e o Homem de Lata poliu sua lata e untou suas juntas.

Quando estavam todos apresentáveis, seguiram a garota-soldado até a grande sala, onde a Bruxa Glinda estava sentada num trono de rubis.

Aos olhos deles, ela era jovem e bela. Seus cabelos tinham uma rica cor vermelha e caía em cachos esvoaçantes sobre seus ombros. Seu vestido era branco puro e seus olhos eram azuis, e olharam com bondade para a garotinha.

— O que posso fazer por você, minha criança? — perguntou ela.

Dorothy contou à Bruxa toda a sua história: como o ciclone a levara para a Terra de Oz, como ela tinha encontrado seus companheiros e todas as aventuras maravilhosas que tinham tido.

— Meu maior desejo, agora — acrescentou ela — , é voltar para o Kansas, pois minha Tia Em com certeza pensa que algo terrível aconteceu comigo e isso fará com que ela fique aflita e não conseguirá trabalhar. A não ser que a colheita deste ano seja melhor do que a do ano passado, tenho certeza de que o Tio Henry não conseguirá dinheiro suficiente.

Glinda inclinou-se e beijou a face delicada da linda garotinha.

— Que seu coração seja abençoado — disse ela. — Estou certa que posso lhe mostrar um caminho de volta para o Kansas — acrescentou ela. — Mas, se eu fizer isso, terá que me dar o Chapéu Dourado.

— Sem problema! — exclamou Dorothy. — Pois não me serve para mais nada agora. E quando estiver com você, só poderá chamar os Macacos Alados três vezes.

— Acho que só precisarei dos serviços deles essas três únicas vezes — respondeu Glinda, sorrindo.

Dorothy deu a ela o Chapéu Dourado, e a Bruxa disse ao Espantalho:

— O que você fará quando Dorothy nos deixar?

— Voltarei para a Cidade das Esmeraldas — respondeu ele. — Pois Oz me designou governante da cidade e as pessoas gostam de mim. A única coisa que me preocupa é como vou cruzar a montanha dos Cabeça de Martelo.

— Com o Chapéu Dourado, vou ordenar que os Macacos Alados o carreguem até os portões da Cidade das Esmeraldas — disse Glinda. — Pois seria uma pena privar as pessoas de um governante tão maravilhoso.

— Eu sou realmente maravilhoso? — perguntou o Espantalho.

— Você é diferente — respondeu Glinda.

Virando para o Homem de Lata, ela perguntou:

— O que será de você quando Dorothy deixar este país?

Ele baixou o machado e pensou por um momento. Então, disse:

— Os Winkies foram muito bons para mim e queriam que eu os governasse quando a Bruxa Má morreu. Eu gosto dos Winkies e, se pudesse voltar ao País do Oeste, nada me faria mais satisfeito do que governá-los para sempre.

— Minha segunda ordem para os Macacos Alados — disse Glinda — será carregá-lo em segurança até a terra dos Winkies. Seu cérebro pode não ser tão grande quanto o do Espantalho, mas você é muito mais brilhante do que ele, quando está bem polido, e tenho certeza de que você governará os Winkies muito bem e com sabedoria.

Então, a Bruxa olhou para o grande e descabelado Leão e perguntou:

— Quando Dorothy tiver voltado para a casa dela, o que será de você?

— Depois da montanha dos Cabeça de Martelo — respondeu ele —, há uma floresta antiga e grandiosa. Todos os animais que vivem lá me escolheram como Rei. Se eu pudesse voltar para esta floresta, viveria toda a minha vida feliz ali.

— Minha terceira ordem aos Macacos Alados — disse Glinda — será que carreguem você até sua floresta. Então, tendo usado todos os poderes do Chapéu Dourado, eu o darei para o Rei dos Macacos e ele e o seu bando serão, a partir daí, livres para todo o sempre.

O Espantalho, o Homem de Lata e o Leão agradeceram a Bruxa Boa pela sua bondade.

— Você certamente é tão boa quanto é bela! — exclamou Dorothy. — Mas ainda não me disse como voltar ao Kansas.

— Seus Sapatos Prateados vão carregá-la através do deserto — respondeu Glinda. — Se você soubesse o poder deles, já poderia ter voltado para sua Tia Em no primeiro dia que chegou a este país.

— Mas daí eu não teria meu maravilhoso cérebro! — gritou o Espantalho. — Teria passado a minha vida toda no milharal do fazendeiro.

— Eu não teria meu lindo coração — disse o Homem de Lata. — Teria ficado e enferrujado na floresta até o fim dos tempos.

— E eu teria vivido como um covarde para sempre — declarou o Leão. — E nenhum animal na floresta teria elogios para mim.

— Tudo isso é verdade — disse Dorothy. — E estou contente por ter sido útil a esses bons amigos. Mas, agora que cada um tem o que mais desejava, e cada um está feliz de ter um reino para governar, acho que eu gostaria de voltar para o Kansas.

— Os Sapatos Prateados têm poderes maravilhosos — disse a Bruxa Boa.— E uma das coisas mais curiosas sobre eles é que podem carregá-la para qualquer lugar no mundo em três passos, cada passo sendo dado com uma piscada de olho. Tudo que você tem a fazer é bater os saltos juntos três vezes e ordenar que os sapatos a carreguem para onde você quiser ir.

— Se é assim — disse a criança, alegremente —, vou pedir que me levem para o Kansas agora mesmo!

Ela abraçou o pescoço do Leão e o beijou, dando-lhe tapinhas carinhosos na cabeça. Então, beijou o Homem de Lata, que estava chorando de um jeito que arriscava suas juntas. Em vez de beijar o rosto pintado do Espantalho, ela abraçou seu corpo macio e recheado, e descobriu que ela mesma estava chorando por essa despedida dolorida de seus amados companheiros.

Glinda, a Bondosa, desceu de seu trono de rubi para dar um beijo de despedida em Dorothy e agradecê-la por toda a bondade que tinha demonstrado com os amigos e com ela mesma.

Dorothy então pegou Totó solenemente em seus braços e, dando um último adeus, bateu os saltos dos sapatos três vezes, dizendo:

— Para casa, para a Tia Em!

Instantaneamente, ela estava rodopiando no ar, tão rapidamente que só conseguia ver e sentir o vento assobiando em suas orelhas.

Os Sapatos Prateados deram apenas três passos e então pararam tão de repente que ela rolou pela grama várias vezes antes de saber onde estava.

Finalmente, ela se sentou e olhou em volta.

— Meu Deus do céu! — gritou.

Estava sentada no meio de uma planície do Kansas e, diante dela, estava a nova fazenda que o Tio Henry havia construído depois que o ciclone havia levado a outra. Tio Henry estava ordenhando as vacas no celeiro, e Totó pulou dos braços dela e correu até lá, latindo furiosamente.

Dorothy se levantou e descobriu que estava apenas de meias. Os Sapatos Prateados tinham caído durante o voo, perdendo-se para sempre no deserto.

24. De Volta para Casa

Tia Em tinha acabado de sair de casa para regar os repolhos quando olhou adiante e viu Dorothy correndo em sua direção.

— Minha criança querida! — gritou ela, envolvendo a garotinha em seus braços e cobrindo seu rosto de beijos. — De onde é que você veio?

— Da Terra de Oz — disse Dorothy, muito séria. — E aqui está o Totó. Oh, Tia Em! Estou tão feliz de estar em casa de novo!

Sobre o autor

O *Maravilhoso Mágico de Oz* foi publicado pela primeira vez há mais de cem anos, em 1900. Cinquenta anos mais tarde, no centenário de nascimento do autor, já tinha vendido mais de 5 milhões de cópias. Imortalizado no cinema no musical de 1939, estrelado por Judy Garland, e em outras incontáveis adaptações para o cinema e para o teatro ao redor do mundo, não é exagero dizer que Dorothy, o Espantalho, o Homem de Lata, o Leão Covarde, Totó, o Mágico de Oz e as Bruxas, boazinhas ou malvadas, já entraram no imaginário infantil mundial.

© GRANGER COLLECTION/OTHER IMAGES

Frank Baum, o autor de "O maravilhoso mágico de Oz".

Apesar da enorme popularidade do livro, a vida de seu autor não é muito conhecida. Lyman Frank Baum nasceu em Chittenango, uma vila sossegada no centro do estado de Nova York, em 15 de maio de 1856. Apenas alguns anos mais tarde, seu pai ganharia uma fortuna com uma usina de óleo e daria a Frank e a seus quatro irmãos uma infância confortável. Frank era conhecido por ser sensível e criativo, embora um pouco doentio, o que fez com que se tornasse o mais mimado dos meninos da casa.

Depois de receber a educação elementar, começou a trabalhar nos negócios do pai, fazendo um pouco de tudo: foi vendedor no próspero armazém da família, fazendeiro e criador de frangos. O jovem empresário foi reconhecido pelo seu bom trabalho: suas aves receberam diversos prêmios e ele se tornou secretário da Associação Comercial.

Em 1881, porém, o jovem Frank Baum foi contagiado pela magia do teatro. Teve aulas de oratória e escreveu suas primeiras peças. Convenceu até mesmo seu pai a construir um teatro em Richburg, Nova York, que foi consumido pelo fogo apenas três meses após ter sido inaugurado. Mas Frank não se deixou abalar e, num teatro reformado pelo tio, estreou, aos 26 anos, como o protagonista de uma peça musical de sua autoria. Sua estreia teve críticas tão favoráveis que a peça recebeu convites para viajar para outros teatros. Embora tenha escrito mais peças, o sucesso teatral só voltou a se repetir na adaptação de *O Maravilhoso Mágico de Oz* para o teatro, em 1902.

Durante uma breve pausa entre apresentações, Frank casou-se com Maud Gage, de 21 anos, no dia 9 de novembro de 1882. Maud acompanhava o marido durante as excursões teatrais, mas foi obrigada a voltar para a casa da família, em Syracuse, assim que descobriu que estava grávida. Seria o primeiro dos quatro filhos do casal.

Depois da temporada teatral, Frank retomou os negócios do pai, a usina de óleo e as lojas, e tornou-se um homem de família, escrevendo ocasionalmente para o jornal local, estudando filosofia e aprimorando seu mais novo *hobby*, a fotografia.

Condições políticas e sociais obrigaram a família a se mudar para Chicago, em abril de 1891, e a situação financeira dos Baum caiu consideravelmente. Frank arranjou um emprego como vendedor e isso significava viajar por longos períodos. Maud e Frank se amavam muito e ele não suportava mais a distância da família por períodos tão prolongados. Assim, pensou numa nova fonte de renda: desistiria do emprego de vendedor e começaria a escrever uma revista bimestral sobre como viajar. Chauncey L. Williams, o mais criativo e desorganizado editor da cidade, aceitou publicar o periódico de Frank Baum. Logo, os dois conheceram o sucesso.

A partir daí, Baum se filiou ao Clube da Imprensa, em Chicago, em 1898, e começou a ter contato com a elite intelectual da cidade. Foi quando conheceu William Wallace Denslow, o ilustrador que criaria a imagem da Terra de Oz a partir das palavras de Baum. Antes disso, porém, a dupla alcançaria o sucesso com *Papai Ganso*, em 1899, a primeira parceria. Graças ao sucesso com esse livro para crianças, a família Baum pôde retomar alguns luxos que foram forçados a abandonar durante a crise com os negócios da família.

© SILVER SCREEN COLLECTION/GETTY IMAGES

Judy Garland como Dorothy na versão cinematográfica de 1939.

Logo depois da publicação, a dupla começou a trabalhar num projeto que primeiro se chamou "A Cidade de Oz", depois, "A Cidade das Esmeraldas" e finalmente, em 26 de janeiro de 1900, encaminhado para a gráfica com os desenhos originais de Denslow e o título definitivo: "O Maravilhoso Mágico de Oz".

© EVERETT COLLECTION/GLOW IMAGES

Totó, no filme de 1939.

Hill, o editor, anunciou que, em apenas duas semanas, 10 mil cópias tinham sido vendidas e, como a segunda impressão de 15 mil exemplares já estava quase esgotada, mais 10 mil seriam impressos com urgência. Em janeiro de 1901, um ano depois de ter sido publicado, quase 100 mil livros já tinham sido vendidos, transformando *O Maravilhoso Mágico de Oz* no livro infantil mais vendido do Natal de 1900. O volume, com 24 ilustrações de página inteira e mais de 100 ilustrações coloridas ao longo do texto, é um dos mais belos livros infantis do século XX.

© REPRODUÇÃO

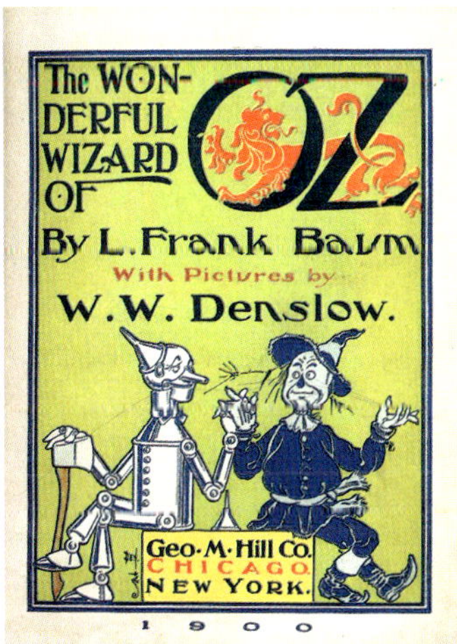

Folha de rosto da primeira edição.

© REPRODUÇÃO

Capa da primeira edição.

Baum e Denslow escreveram muitos outros livros em parceria, outras histórias de Dorothy, de Oz e uma série de aventuras do Homem de Lata e do Espantalho, mas nenhum deles foi tão bem-sucedido nem tão querido quanto *O maravilhoso Mágico de Oz*.

Apenas dois anos mais tarde, em 1902, a história de Dorothy e seus amigos fantásticos foi adaptada pelo próprio autor para o teatro e encenada como um musical na Grand Opera House, em Chicago, onde ficou cinco anos em cartaz. Mais uma vez, Baum conheceu o sucesso: a peça foi considerada o musical mais bem-sucedido da época e influenciou a comédia musical de toda aquela década. Em 1903, o musical estreou na Broadway, em Nova York.

Frank Baum sempre quis adaptar seu mais bem-sucedido livro para as telas do cinema, a grande invenção do século. Ele até mesmo fundou a Oz Films Manufacturing Company, apenas para transformar suas histórias em filmes. Mas o público queria ver Charlie Chaplin e o cinema adulto. Depois de uma grande perda financeira e brigas com os estúdios vizinhos, a companhia acabou sendo vendida para a Universal Pictures em 1915. Mesmo estando envolvido com o teatro e o cinema, Baum escreveu um livro por ano depois do lançamento de *O maravilhoso Mágico de Oz*, contando histórias de vários personagens, como a Bruxa Glinda e o Leão Covarde.

A Primeira Guerra Mundial prejudicou imensamente a venda de seus livros. A família vivia com conforto, mas modestamente, em Ozcot, Hollywood. Baum amava escrever em seu maravilhoso jardim, do qual cuidava com as próprias mãos, e cujas belas flores ganharam até prêmios em exposições locais.

Depois de duas adaptações malsucedidas e severamente criticadas para cinema mudo — em 1914, através do estúdio do próprio Baum, e, em 1925, com Oliver Hardy, o Gordo da dupla "O Gordo e o Magro" como o Homem de Lata —, Hollywood finalmente conseguiu levar para a tela do cinema a magia do livro: em 1939, a MGM fez uma grande aposta e transformou *O Maravilhoso Mágico de Oz* numa versão musical colorida. O filme fez um enorme sucesso (embora não tenha conseguido recuperar o investimento de 3 milhões de dólares na época do lançamento) e até hoje é lembrado até mais que o próprio livro. A canção de Dorothy, "Over the Rainbow", na voz de Judy Garland, ganhou o Oscar daquele ano de melhor canção, e o filme também arrematou a estatueta pela Melhor Trilha Sonora. Judy Garland ganhou o prêmio especial de Melhor Atriz Mirim.

© W.W. DENSLOW

© W.W. DENSLOW

Illustrações de página inteira, de W.W. Denslow, da 1ª edição.

© ARCHIVESDU7EART/MGM/12 PHOTOS/GLOW IMAGES

Margaret Hamilton como a Bruxa Má, também do filme de 1939.

Pena que L. Frank Baum não estivesse ali para ver mais esse triunfo. Abatido pela falência de seu estúdio e pelos problemas financeiros decorrentes da Primeira Guerra, Baum começou a ter sérios problemas de saúde. Ataques de angina eram constantes e, no começo de 1918, teve que ser internado para a remoção da vesícula biliar. Uma inflamação do apêndice complicou ainda mais sua condição. O cigarro, a dieta e a mania dos Baum de buscar tratamento com charlatões cobraram seu preço. Voltando para casa com muita dor no peito e tratando-se com morfina, em 8 de fevereiro de 1918, Baum escreveu para seus editores, informando que tinha acabado mais dois livros, que poderiam ser publicados em 1919 e 1921. Apesar de Baum considerar esses livros os "melhores que já escrevi", o editor não seguiu as orientações do autor e não publicou nenhum deles. Os dois volumes foram publicados décadas mais tarde.

Em 2 de setembro de 1918, Baum escreveu ao filho Frank, capitão do exército americano, que lutava na Europa: "não fique muito triste, meu garoto. Pois eu vivi tempo suficiente para perceber que nada ruim dura muito tempo. E é verdade que, quando os anos passam, olhamos para trás e às vezes vemos algo que na época nos pareceu incrivelmente frustrante e injusto, mas percebemos também que, no fim das contas, Deus estava do nosso lado o tempo todo".

Na manhã do dia 6 de maio de 1919, Frank faleceu nos braços de Maud, dias antes de completar 63 anos.

As crianças de todo o mundo, porém, não deixaram que O Mágico de Oz caísse no esquecimento. Nem a indústria do entretenimento, com suas inúmeras referências, reescrituras, republicações e adaptações para cinema, teatro e televisão. É um clássico que ultrapassou a barreira geográfica e linguística, traduzido em muitas línguas e conhecido praticamente no mundo todo.

Texto de Renata Tufano

(Fonte bibliográfica: *The Annotated Wizard of Oz: the wonderful wizard of Oz by l. Frank Baum; pictures by W. W. Denslow; with an introduction, notes and bibliography by Michael Patrick Hearn; preface by Martin Gardner. Centennial Edition. W. W. Norton & Company, Inc., New York, NY, 2000.)*